遍路臺北

顧蕙倩

推薦序／城市私地圖，隱藏版的風景

◎小熊老師（林德俊）

閱讀一個地方，譬如一座城市，如果有人為你指路，該有多好。

在生活多年的街區，往往，有些巷弄你就是不懂得彎進去，因為，那兒看起來好像沒什麼特別的，於是，就這麼錯過了。

如果有人為你指路，告訴你那兒有一家存在已久的家常早餐店，只有「巷內人」知道……或者其他隱藏版的什麼，譬如一棵很粗壯很高大長滿鬍鬚的樹、一面爆炸力十足的牆面塗鴉、一個從圍籬望進去打理得非常別緻的私人院落，你的生活，會因此有一點不同，不同的風景和節奏，柳暗花明又一村。

一座城市，我相信，會因為作家的存在而有所不同。作家為我們指路，有些會為你指出哪裡好吃好玩有好美的風景，有些則會迂迴地告訴你她認真生活的足跡，這座城市因為她在此走過而有所不同，她透過文字帶你走入情境，如果你放下太直接的目的論，便能感悟她的感悟，夢著她的夢。

顧蕙倩便是這樣一位帶路者。在她溫暖而真誠的文字裡，詩意曖曖內含光，我們進入作家的生命地圖、生活地景，聽她娓娓道來，關於她和她的親人，以及熟悉的朋友和陌生的路人，我們跟隨她的牽引，細膩地感受日常，一遍、兩遍……深深凝視而不時回望，終至尋得力量。

〈你淺淺的願望〉寫捷運車廂即景，一家四口可愛的互動，父親和女兒討論著「你的願望」，父親的願望竟是「搭捷運有位子可坐」！這樣不按牌理出牌的「創意」回答是對勵志名言的輕微反動，看似玩笑，作者卻解讀到另一層深意——關於人間幸福的道理，或許就藏在「簡單」裡。作者在旁聽對話中發現祕密的風景，開始回想自己孩提時期的願望，但同行夥伴似乎渾然不覺她的發現，當列車從地底躍上地面的瞬間帶入了天光雲影，呼應著車內的她心中的風景，此時她想與同伴分享悸動，同伴卻彷彿處在另一平行時空裡……人生經常如此，驚喜與失落相伴而生，作者的情緒如許立體，一篇短短小品，以三言兩語收納了一切盡在不言中。

顧蕙倩有著詩人、學者、教師多重身分，我特別喜歡她的老師身分。她熱情帶勁的活力讓她能夠永遠和青春的孩子站在同一陣線，也使自己像一個永恆的少女不懂得老去。她是一個最不會說教的老師，她寧願將學生帶到現場一起探索，她更注重分享的愉悅，她願袒露一部分自己的內心，來勾引更多抒情的流動，就像這部集子裡的多數作品，其實是在帶著我們走一條成長的路。《遍路臺北》寫臺北，又遠遠不只臺北，這不是一部按圖索驥的地景文學，而是一篇又一篇，總能不經意打入你我心間的溫柔故事。

●林德俊
筆名小熊老師，熊與貓咖啡書房主人。曾獲五四文藝獎、林榮三文學獎、創世紀詩獎、帝門藝評獎、社會光明面新聞報導獎等獎。著有《樂善好詩》、《玩詩練功房》等書。創辦阿罩霧文學節，於家鄉霧峰從事在地文藝復興和友善土地社區行動。

自序／遍路人生

《遍路臺北》是一本很特別的城市旅遊指南，尋著它的文字，你找不到任何一家適合客居的旅店，卻可以感受臺北的人情風景，從街頭很走到街尾，很接近市聲下的你我他，也很接近繁華熱鬧背後的漫漫時光。人們在其中辛苦的打拼，打拼後也能回歸到安靜純樸的庶民生活，發現有點古老又有點現代的臺北時光。

日本有句古話「遍路即人生」，走在一千二百公里的這條路上，不僅走訪千年歷史，也能對人生有另一番領悟。不管是日本的「四國八十八靈場」、「西國三十三靈場」的寺廟石像，走在臺北天后宮、大直正願寺、萬華天后宮、五股凌雲禪寺、花蓮吉安鄉慶修院、新竹十八尖山等地，與那些曾是為了安慰移民此地的日本人，無法回鄉完成修行心願的石像不期而遇，在故鄉旅行，竟然興起漂泊之感，呀，人生即遍路，即使走過世界多少城市，若心底的路未安排得宜，故鄉仍如異鄉。

小時候貼著車窗的眼睛依然對臺北城充滿好奇，不管世界多大，即便走過柏林、巴黎、大阪、巴賽隆納、阿姆斯特丹等城市，走過無法計數的登機門，每個登機門的電子看板都標示著世界各地的地名，趁飛機還沒起飛前，我總會憶起臺北，一處又一處溫暖親切的風景，臺北的過去、現在與未來，依然是我最自然不過的遍路人生。

本書收錄了二〇一四年至二〇一五年為《人間福報》與二〇一五年至二〇一六年《聯合報副刊》陸續撰寫的專欄文章，第一輯、遍路城市：收錄我所生活的臺北，每當一一走過，一如遍路，嘗遍人生滋味；第二輯、城市構圖學：收錄我所觀看的臺北，藉著旁觀者的角度，構築臺北城的生活圖像；第三輯、預告城市：收錄從他城觀看的臺北，可成為臺北的鏡像，或預告著老臺北的消逝與新臺北的誕生。

從臺北出發，書寫成長的自己，抒寫生活的臺北，在臺北細微角落寫下故事，也在故事裡寫出臺北的獨特微光，繼續遍路臺北，認真紀錄，並發現這座城市獨特的生命情調。臺北，不是世界最美的城市，沒有歷史悠悠的長河，許多城裡的居民能輕易說出世界某大城市的魅力特色，卻無法輕易說出臺北獨特之處。臺北，默默記憶著眾人魂牽夢縈的故事，如果懂得慢慢走過這座城市，她會告訴你該將故事藏身何處，甚至無私地為你揭示著她未來的模樣。

但也默默的剝落記憶，一任時光奔馳。

如果不將書寫成為對抗剝落與遺忘的利器。

目次

推薦序／城市私地圖，隱藏版的風景
小熊老師（林德俊）／003
自序／遍路人生／007

輯一　遍路城市

遍路／017
茉莉／021
天使在唱歌／024
寂靜天空／028
晴天也會走過的影子／032
三角公園／036
河對岸／039
之後／042

囹渡／046
迎面而來／050
冬藏／053
想飛／057
創作時光／062
惡口／065
偶然與巧合／069
通訊錄／073
秩序的生長／077
從零開始／081
無從證明的美好時光／084
好天氣，從不為誰停留／088

輯二　城市構圖學

聽你說故事／095
你可以更軟弱：軟弱節／098
但願在你身邊／104
今天的構圖學／107
你的夜／111
盛夏如你／114
陪你去看海／118
你的背影／121
你淺淺的願望／125
你的信／129
你是我的伴／132

帶你去童年的遊樂園／135
如果帶你回家／138

輯三　預告城市

我們都相信會成為更好的人／143
預告片／147
新美街一號／151
老香港／155
按下暫停，回到阿罩霧／158

輯一　遍路城市

日本有句古話「遍路即人生」，走在一千二百公里的這條路上，不僅走訪千年歷史，也能對人生有另一番領悟。

遍路

喜歡聽爸爸說的一句話就是：走囉，我們去城裡看電影吃豆花。

小時候家裡鄰近華中橋，橋這邊住著萬華果菜市場，橋那邊住著永和豆漿，進城其實就是到離家不遠的中華商場附近吃吃玩玩，但是爸爸總是喜歡逗著我們說進城囉進城囉。一聽到進城，樸素的媽媽會多花點時間裝扮自己，我和弟弟則是拚命想著點心世界的鹹豆腦、酸辣湯和鍋貼。跳上公車其實很快就到了，但是坐上公車後的小小鼻子就一直緊緊貼著窗玻璃。

城裡和城外的區分是什麼，並沒有城呀，我說。

問爸爸他說當然不一樣囉，爸爸說有景福門、南門、北門這總算呀，我們家住在這些城門外，在以前居住的觀念裡，我們這些城外的居民就是和城裡居民的生活形態大不相同。可是我說爸爸，現在我們居住的形態和城裡哪有什麼不同呢？而且這些城門，一個個孤零零的懸在十字路口圓環間，再也沒有城牆區隔，其實就只是觀光用的門面。

爸爸還是堅持說帶我們進城去

玩。過年到迪化街辦年貨是進城，鞋子穿壞了到生生皮鞋買一雙好鞋是進城，陪媽媽到遠東百貨買衣是進城，陪外公去隆記菜飯吃上海菜是進城。我喜歡進城，即使根本沒有一座城，心裡還是覺得城外的我們是去城裡的劉姥姥。

日本有句古話「遍路即人生」，走在一千二百公里的這條路上，不僅走訪千年歷史，也能對人生有另一番領悟。花蓮吉安鄉慶修院有個另類遍路，那是為了安慰移民此地的日本人，無法回鄉完成修行的心願，便將四國八十八間寺廟的石像集中於此。既然遍路即人生，不必一千二百公里路，原來心底的路也可以如此安排得宜。

我在香港機場也走了一趟遍路。近百個登機門，每個登機門的電子看板都標示著世界各地的地名，米蘭、巴黎、大阪、約翰尼斯堡、阿姆斯特丹……趁飛機還沒起飛前，我一一走過世界各地。沒有真的城呀，你還沒有飛去，怎算是旅行呢？我的朋友說。可這樣不必離開地球表面，不必缺氧狀態極度失溫下即有的溫暖風景，依然是我最自然不過的遍路人生。

茉莉

天井總會聚集許多動物。有時爬來吱吱的壁虎，有時飛來呱呱的八哥，但最多時候是貓。

有隻橘貓喜歡在天井裡輕聲的喵嗚，不須上班的周日清晨我才會聽到的聲音，其實不覺擾人。很輕柔，有時被喚醒，睜開眼會看見牠趴在窗邊，有時就咪咪咪咪的像催眠曲般又陪我睡個回籠覺。

天井一直陰陰溼溼，陽光只會停留一會兒，照著青苔的角落同時也照著四周的鐵窗。四面公寓的人們我並不相識，只知道西邊一樓有個小朋友喜歡一直叫阿嬤來陪他堆積木，北邊三樓有個從小就

愛和父母頂嘴的女大學生。不是很確定聽到的豎笛聲來自哪一戶人家，有時聽著聽著會感受這個聲音今天特別寂寞。

這隻來到天井的貓晚上去了哪裡我不知道，牠的叫聲並不乖張，只是輕輕的哼著喵嗚喵嗚，不像在急急呼喚著什麼，當我醒來時多半牠已經走了，什麼時候走的我並不知道。在夢裡我從不曾看見牠，醒來後的尋常日子裡我也不會想起牠，我們的連結很奇怪，只是一口天井，只是周日一段夢的時光，本不屬於我倆，但來來去去都不乖張。

在我外出的日子裡，橘貓和天井仍然只是被關在四方書頁裡的一段散文。

牠們依然不乖張的生活著，等我回到天井才會看見牠們組成的小小世界。我打開了這本書，橘貓和天井還有那個吹著寂寞的豎笛家，他們昭示這一切，並不知道我是在夢裡醒來看見了這一切。

小時候家裡有株茉莉花，我好喜歡那淡淡的清香，邊穿制服邊欣賞著白色的花瓣，滿心喜悅的拾起陽臺上的幾朵殘香，然後兜在掌心邊走邊聞著到學校。有沒有打開掌心給我的好朋友聞聞呢？我不記得了，只記著進了教室之後的那個小女孩，只記得那顆羞怯的心，只記著不確定打開這手中的馨香會不會引得同學的共鳴，放在手裡的花瓣一點點溼漉漉的汗漬。

父親已經將那株茉莉花轉送給鄰居了。父親說我離家獨立了，他也老了，無力再去照顧這些花兒。父親親手澆灌的朵朵茉莉如今還兜在掌心，有時它們是一片海洋，有時它們是一段不乖張的文字。有時它們是周日的橘貓和天井，寂寞的豎笛聲說：

我願分享給你。

天使在唱歌

這輩子還從不曾遇過壞人。

這輩子，我還沒有聽過有人這樣對我說過，今天居然有人和我說著一樣的話。這是一個終日辛勤工作的朋友，臉上總是掛著淺淺的笑容，我們初相識，他的話一直不多，總覺得他很特別，特別的沒有城市人恰恰好的距離，也沒有城市人該有的拐彎抹角，所以扣掉城市人應有的客套迂迴試探等等話語，他的話就真顯得不多了。剛相識，我試圖尊稱他為某某先生，他一直笑著說就叫他阿琛，所以幾次到了口的琛哥就再也說不出口了。

我不知道自己這樣的客氣禮貌是從何時學來的，也不知開始相信這世間從來就沒有天使是誰教的。敢說沒有遇見過壞人的說法，除非你下一步得承認自己還是個長不大的孩子，泥淖般的心靈，叢林般的生活，我以為那才是世人常態。

為了試圖顯現自己的世故勇敢，掀開自己的傷疤告訴別人這世界的人們我就是見過幾種夠壞的，我也夠壞會耍狠，所以壞人從來不敢拿我奈何，但事實上，我從沒見過夠壞的人，所認識的人都不曾真正傷害過我，這樣生存在現實叢林的際遇，我曾經這樣暗暗對自己說過：這輩子還從不曾遇過壞人。

阿琛那天對我脫口說出這樣的話，是在書桌振筆時看似無意丟出來的一支彩筆。那時的我為了感謝他的協助，說著自以為略顯迂迴的感人話語，他全都懂，懂一個人所謂的幸運之神降臨可能是偶然，但也絕不是偶然。阿琛的意思難道是我們眼裡都不曾看見壞人，所以，壞人也較容易煙消雲散不成氣候吧。

別人的偶像多是年紀稍長的老者，我的偶像一直比我年輕。

劉若英的歌聲一直陪伴我度過灰濛濛的晴雨季，聽不出年齡的聲音伴隨乾淨無垢的風景。沉浸文字的夜晚總是沒來由的讓人陷入苦思，唯有劉若英，文字成了多餘的話語。沒想到偶像也會逐漸老去，承載符號的文字逐漸取代純粹的聲音，我試著聆聽她充滿感傷的文字，傳達很深刻的時間感，卻多了什麼又少了什麼，那曾經只看見一雙翅膀低低飛著，天使唱著唱著也開始背負著生命溼漉漉的包袱。

原來我的偶像一直比我年輕，原來

從來就不是那些說著成功故事的大人讓我感動，那麼人生走了好大圈究竟是為了什麼？依然是回到出發時的想像，小時候總愛吵著父親帶我和弟弟到離家遙遠的地方走走，多想見識不一樣的城市，多想遭遇如叢林般的驚險奇遇，誰知到頭來聽不出年齡是非的聲音，看不著壞人的心靈卻是最難尋。

天使一直是沒有年齡的，甚至也沒有善惡之分，默默承載著眾生的悲喜憾缺，只讓人們抬頭看見一雙無限透明的翅膀。

寂靜天空

清晨七點了，鴿子紛紛飛下來占據一部分廣場。整個天空突然安靜起來。

學生開始魚貫進入校園，嘻笑聲不絕於耳，鴿子也學著年輕人走路的模樣，有時靠近同伴身邊呱呱笑著，有時又彷彿想起什麼似的只是一逕的踱著步。一整座廣場像個偌大的飛機場，有的作勢正要起飛，有的又像是背著沉重行囊的旅人，走了好遠的路，此刻正低著頭彷彿若有所思。

我在窗邊看著某一天的開始。七點以前的大地似乎還在沉睡，鴿群究竟在哪兒我都看不到，天空顯得溫柔恬靜，偶然飄進的幾朵雲和飛過的鳥群絲毫不顯寂寥。學生還走在各自的起點，此刻的廣場好安靜，絲毫不顯空寂。在與天地約定好的某一刻全都飛進這座廣場。

低頭踱步的鴿子，正要起飛的年輕人，各自來到清晨的廣場，看似紊亂的闖入這裡，一時一刻卻恰如其分。我猛然想起昨日以及不知何時開始的某日清晨，降臨與離去，全都符合昨日時間的軌跡。鴿子因為人們七點的到來，人們默默闇合着時間飛行的節奏。

七點半鐘聲響起，逐漸又恢復了七點以前的模樣，整片天空以及整座廣場彷彿一切都沒發生過。

小時候家裡有輛白色偉士牌，假日得閒父親總會帶我和弟弟去釣釣魚。我最怕無聊的釣魚時光了，便一個人四處走走撿撿石頭也比等魚上鉤來得有趣。坪林溪邊總有些安靜的所在，一個人

隨處逛逛就是不願意枯坐，空等一整天只為了釣上某一條魚。只是膽小如我，就是不敢走得太遠，父親知道我只會沿溪邊閒晃，所以總不擔心我小小的遠離，但也從不試圖說服我拿起釣竿配合坐在他身邊。

記憶裡的溪水依稀流動不已，孤獨的我沿著溪邊行，一路撿拾隨意流動腳邊的風景，什麼也沒想帶走，沒想到長大後卻依稀將什麼就永遠留了身邊。有時孤身旅行，走在異國清晨的廣場，兒時溪水潺潺流過腳邊的聲音不時傳了過來，總是不擔心父親會突然將手中的釣竿交給我，他總是允許我一個人漫無目的的四處走走然後，當夕陽西下時再喚我一起收拾魚竿回家。

沿著清晨的溪邊走呀走呀，就不知不覺的走過好多國家，看過不同城市的風景。

眼見天空一群又一群的鴿子飛過眼前，不知不覺的七點到了，鴿子紛紛飛向腳邊，各自占據著廣場一角，不太搭理的閒步著的我們，不會說出約定的我們，不約而同的留給彼此寂靜的角落。

偶爾交會的某一刻，寂靜天空下流過潺潺溪水的聲音。

晴天也會走過的影子

一整個早晨都在這座公園裡不停的走，來回的走。直到父親終於打電話來。

和父親說好今天早上要來這座公園找他，一大清早背著書包出門的心情，就像小時候父親牽著我的手說要帶我出門散步一樣極度雀躍。

書包裡放著我們的早餐和水果，一只輕便的雨衣是父親教我一定要隨身攜帶的必備品，一路期盼著待會兒和父親會合之後，可以走著我們倆再熟悉不過的公園小徑。

一路書包在我身上晃呀晃的，記憶裡大好的天氣都會是父親帶我們出去玩的好日子，一如今天。池邊有石椅，父親應該會坐在這裡，走過一個又一個陽光下的緩緩身影，嬉戲的孩童，唯獨不見父親。來到父親最喜歡的溜滑梯邊，原來父親最喜歡的位置，此刻卻坐著一個陌生身影。父親曾說過喜歡聽人唱歌，也許到前方唱歌仔戲的涼亭處突襲父親，他一定就在那裡吧，看到時一定要用他的口頭禪好好念念他：「野丫頭，又跑到哪裡去啦？」

歌仔戲臺下坐了許多老者，陽光顯得溫暖體貼，一如安置腳上的毛毯，哼著熟悉的曲調，三三兩兩的節拍倒也都和得上節奏，大家都有自己的夥伴，唱得很開心，我卻依然見不著父親蹤影。

父親的手機依然沒有開，我開始慌了，不是說好要來公園找你的嗎，怎麼你那麼不乖跑到哪裡去了？不會迷路吧？還是手機掉了卻不知道？會不會忘了回家的路？母親說你的包包裡都放了一張寫好姓名住址的識別卡，難道你又沒有好好聽從母親的話嗎？偌大的公園我所知道你常去的地方，我都走了好幾遍，難道還有你沒有告訴我的祕密行蹤嗎？跳舞你不愛，唱歌你不擅長，你也不喜歡老人按摩，沒事只愛找人聊天說話，這些話你都說過，我也在腦子裡唯恐漏了什麼反覆練習了好幾遍。唯獨你沒說給我聽的，我在心裡依然是一片空白。

走到羽球場邊，想起小時候的羽球是你一球一球教我，你現在已不會在這裡打球了，走久會累，所以你說會坐在羽球場邊看小朋友和家人打球。我坐在空空的椅子上，日正當中陽光好刺眼，闇黑樹影漸漸被高大的樟樹一一環抱著，球場上的嘻笑聲也紛紛收進大人的球袋。

這裡依然沒有你，至今還一直倚賴的你，現在卻不知要去公園哪裡找你。

一條清楚的柏油路圍繞這整座公園，像你大大的臂彎，我在其中學會了羽球溜冰，還有好多好多美好的童年。走在這條柏油路上，我漸漸長大，也漸漸害怕，害怕好多事情，直到你終於從家裡打電話來，告訴我你忘了開手機。

三角公園

第一次帶著弟弟去賣手繪的卡片，也是在這裡。

那天去找父親，父親一個人閉著眼聽隨身聽，公園裡溜滑梯並沒有小朋友，有座位的地方坐著幾個外籍看護，老人家有的坐在輪椅上，有的坐在看護旁邊。我靜靜坐到父親身邊。父親並沒有注意我來了，閉著眼睛看起來並沒有睡著，傍晚五點了，他應該是剛倒完垃圾坐著休息，看來沒有人認識他。

公園中心涼亭還在，石桌還在，幾個老人正在下棋觀棋，還是以前的涼亭，還是以前的溜滑梯，身邊的孩童如今卻不知都去了哪裡。

記憶裡的涼亭總是會聚集一些人，不管是老人或是小孩，位子總是不夠，喧譁聲總是輕易的蓋過車聲。當我和弟弟倆躡手躡腳的攤開成品，其實並沒有引起多少人的注意，老人繼續晒太陽聊天，放學的小孩繼續玩他們的溜滑梯，那時的我們實在不夠努力，只將卡片攤在涼亭的石桌上，連一聲吆喝也沒有，只是安靜的坐著，羞怯使我們只會低頭看著自己的作品，然後，等媽媽下班回家前，再匆匆收起卡片回家。

小時候逃家唯一能去的地方，也就是這離家不遠的三角公園，哪裡都不敢去，只敢坐在公園裡生父母的氣，生自己的氣。公園好小，位於馬路與馬路交會的畸零地，不見草坪，沒有圍牆，溜滑梯以外什麼遊樂設施都沒有，一個人坐著，月光靜靜陪在身邊，突然覺得公園好大，大到只顯得自己的渺小無助，害怕會不會就這樣一直坐到天亮都沒有人發現。誰知一下子就看見父母的身影，默默的坐到我身邊，他們什麼話也沒說，只是為我披上外衣直到我起身，隨著我走回自己的家。

父親張開眼看看手中的表，發現我來了，疲憊的皺紋間綻放淡淡光彩。拿下耳機喚我的名，牽著我的手深怕我會走丟了般，我們倆靜靜坐在小公園裡，看著地上日影漸漸退去。

父親拉拉我說，我們回家吃飯囉，別讓媽媽等太久。城市的公園雖然小，小憩，小盹，小放鬆，小天地最容易收到大好的陽光。

河對岸

騎著單車順著河邊行，總會撿拾到一些好聽的人聲，有人會邊唱著歌邊散步，有人則是將耳中的音樂放出來與鄰人分享。那種快活自在聽得出來，即使我們並不相識。

喜歡在這座城市尋找聲音。尤其是人聲，來自不確定或確定的場合。

那天城市河邊正下著小雨，離主辦單位開放入場的時間還有一個小時，門前是一條長長的雨傘河，河裡面漂浮著一些些細細絮語，風一吹來，雨傘河就輕輕搖晃著，雨聲是節拍，伴隨著等

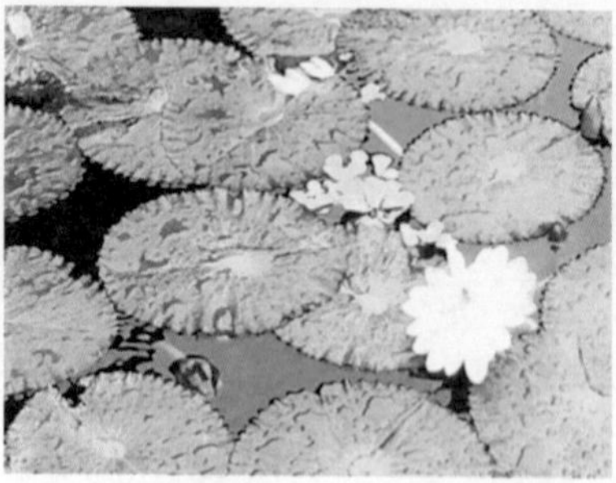

待的光陰，我在河裡也輕輕搖晃著，聽著如飄萍般恣意竄起的聲音，眼前的一切變得那麼不平凡。

河岸上自然游蕩的樂音，那是雨聲與人聲。如此自然的聲音，隨著雨傘河逐漸乾涸而一一消失，人們遁入展演空間，向前方舞臺處行走，各自尋找屬於自己的位置，安靜的坐了下來。一點點吉他的伴奏自後臺響起，燈光四射，舞臺已經架設好各種樂器，等著音樂充滿整個空間。

只為聽一整個晚上的音樂，我買了一張票和一杯咖啡坐進河邊的音樂小空間，期待中的聲音依約響起。在小空間裡適合清唱，適合低語，舞臺上的歌者調整著吉他，幾許鏗鏘輕輕迴響著四周，不確定的音域像是隨雨傘河偷偷竄了進來，還漂浮著城市裡的雨聲與風聲，看似不經意卻可以迴盪好久好久。我彷彿看見在河對岸騎著單車的自己，正隨時撿拾著不同的聲音，每一種可以聆聽的空間晃動著漣漪般的光影，像河流一般輕盈卻深邃。

在臺下的聽眾紛紛搖晃肩膀，隨熱鬧的音樂開始起舞，一種Live演奏的氛圍讓人興奮，我在河彼岸看著臺上逐漸亮起的燈光。

一首歌也許熟悉，下一首歌也許陌生，完美的節奏可以精確喚起每個人的記憶，也許我們想的是同一年的主題曲，也許一整個空間都是滿滿的呼吸，河彼岸的人聲，卻怎麼也走不進這個熱鬧的音樂裡。

之後

之後呢。故事之後母親總是溫柔說，之後就是甜甜的夢鄉，難過之後，父親總是說著戰爭之後一家人吃一鍋粥的滿足。

戰爭之後到底留下什麼？戰爭太殘忍無情，父親和母親隨軍隊四處逃難，為了活下去，無從選擇如何活。戰爭之後，各自來這海角一隅，父親繼續重慶大後方的學業，母親則搬起小板凳在閩南土厝炊飯照顧多病的外婆。父親寫了一手好書法，英文能夠琅琅上口，那是戰爭之後大姑姑要求爸爸必須學會的技能，讀書當公務員養家活口。母親十一歲失恃，為了照顧年幼弟弟，燒了

一手好菜，針黹女紅難不倒她，貧苦生活讓她堅強學做大人，也讓她孤獨面對飄泊身世。

戰爭太可怕，如螻蟻般的賤民在荒原在血泊邊緣苟活著，隨處飄零隨處生出新芽。

戰爭之後他們學會了慈悲，因為他們沒空怨恨。從不標榜和平，那美，來自魔鬼無情的指縫，絕非與生俱來，一如他們的堅強與智慧從不是聽自名人講堂的金句。那些荒煙蔓草間無心竄出的野花，好美好美，卻也開著歷史誤謬的花蕊。

我的童年總是上映著父親喜歡養美

麗的盆花，母親喜歡燒菜做針黹，我的父親母親竟有些星爺影片式的無厘頭美德。

最近繼水神社之後不小心又發現一對日據時期貊犬。牠們倆躲在國小校園裡，後面居然坐著偉大的孫中山先生。這一發現讓我好奇無比，這日本神社的守護貊犬究竟陪了中華民國國父多久時光？兩個來自不同國度的守護者，卻在此相遇，除了歷史的誤謬，竟也有些星爺影片式的無厘頭。

如亙古星辰般永不該交錯，卻依然大相撞的神奇弔詭。

如果說故事是從這裡開始，相信此間國小的小朋友會說這一對吉祥物頭上掛的紅色書籤，是老師教他們寫的，寫下自己來年的心願，吉祥物會保佑乖寶寶。戰爭之後，貊犬成為島嶼必須磨滅的記憶，有些早已化為塵土，有些不該留卻居然留下來，不是因為牠們受到保護，而是來不及銷毀，待舊歷史又被新歷史掩埋，牠們的模樣終究成為超越仇恨的文化物。

戰爭之後，貊犬留了下來，一群人繼續活著，在一片土地滋生了可能的一切，歷史無情，如海洋帶來敵人，也傳頌著寶藍色的青春。存活在城市一隅的吉祥物，多少慈悲多少卑微，腳邊是一株株連無情戰火都無法消滅的美麗野花。

同一個方向，指向可以期待的未來，一路搖搖晃晃的捷運車廂，只要前進就有希望。

這是城市顛撲不破的法則。永遠要相信潛力如深海冰山，城市是深海，隨時讓你看不見自己，但俯拾即是世界。浮浮沈沈，熟悉了遊戲規則，也深諳了水性，換氣換姿勢換自己，不能停止的往前游，不能放下的期待，沉下去還要浮上來，不能容許恐後的軟弱。

一座頂級五星級飯店集團日前正式營運，宣傳著無與倫比

的奢華，體驗前所未有的享受，這真是引起了無與倫比的想像。一位朋友喝了下午茶回來，提及自己剛從這家飯店回來，頓時引起大家注意，不管是排場或菜色，想多了解這家飯店。

過兩天馬上聽到小學同學說要在這兒辦同學會，更是無與倫比的興奮，但是問題馬上來了。日前朋友才說自己花了極大功夫加強裝扮，提醒我們喝個下午茶四周都是名牌在身，連自己開個小車停在停車場都呈現名車環伺的尷尬現象。多麼微妙的風景，朋友說這裡千萬不能穿戴假名牌，偶而飆個外語也是必要的品味。

莫名的身分確認，城市和飯店竟是一般光景，我暗暗笑著自己，也許我該選擇放棄開車，然後穿著高尚的洋裝並先上網做做菜單的研究，當然荷包得裝得滿滿（其實只要一張卡什麼都不要），不然我真會失禮。其實開車時常會經過這裡，那兒曾經是童年外公家的厝邊，母親說外公從大陸來，如果那時知道回不去，多買幾塊便宜地，現在就是億萬富翁了。

還好，母親說，雖只守著一間房子，也順利養大幾個孩子。因著外公辛苦賺錢，母親自小流離，輪流寄居不同的閩南家庭，母親也說了一口流利閩南語，謀職生活都不成問題。兒時曾聽母親念過這首〈勸世歌〉：

若有細樹也罔休，小船罔渡免大橋；
世間錢銀無塊拾，水底總無一位燒。

想起昔日來到島嶼南方的小鎮，巷子底飄來陣陣香味，罔休坐下來看了看點菜單，什麼主食最貴二〇元，小菜攏總一〇元，端上來食材滿滿，歡喜人客來食，毋嫌物價飆貴。吃飽飽兼打嗝只要八〇元，老闆親切招待，離鄉遊子，外來過客，一碗麵滿滿滋味。食材用完，後面就是自己的家，廚房裡打點好，滿滿一鍋端上桌，完全不去設想成本效益與光陰虛度。

老闆罔渡。

人生罔渡，罔過日。吃乎飽，歡喜就好。

迎面而來

迎面而來，不能阻擋。

你騎著單車，直接停在面前，無法閃躲，看來必須和你打聲招呼。快二十年沒見了吧，你挺直了腰桿子說。

是吧，我無法回答肯定的數字，迎面而來是模糊的告別，冒昧的是再熟悉不過的招呼方式，讓時間帶著我們來到狹窄巷弄，全然不理昔日承諾。那時你我都說好不再見面的，怎知這樣斬釘截鐵的承諾根本就不能算數。這座城市，有太多迎面而來的不知所措。

打開塵封已久的書頁，一道又一道的褶痕，標示著這裡有過

轉折，特別的感動或根本是不懂，時間曾經為此停留。然而讀著讀著，一頁又一頁，摺痕顯得鬆軟，時間過了，記憶再怎麼提醒，迎面而來的，終究還是此刻當下，並非記憶本身。

你拿下安全帽，臉上多折了幾條滄桑的線，牽扯進來的問候，不太確定該怎麼回應，詮釋此刻，還是老朋友吧，再熱絡回應些畢竟是對的，終究熱鬧本是這城市的習慣，和陌生的老朋友寒暄幾句，不妨多多加進關心現況的字眼。

除了問候你現在幸不幸福。

背影相向，又翻回告別的那一年，突然想起什麼。

回頭道聲「再見」，這不是對你的承諾，是對時間許下，也許再見說了，未來的某天還真能看見迎面而來的青春。即使一如今天迎面而來完全無法阻擋，也算是開啟某種驚喜的禮物。

這座城市有時像個迷宮，小巷子的兩端居民除非說好，不見得彼此容易見到面。這裡那裡迎面而來，看起來熙熙攘攘的腳步，事情不停的發生，流竄其間的很多只是回憶，是言語，是無法實踐的諾言。

褶痕再多，書還是書。

有時得放自己走在山裡，山裡依然會有迎面而來的喧囂或驚奇。然而山裡的喧譁，不過是繁花與塵泥。書裡的褶痕是行走在水圳的時間，多少的滄桑，風一起依然數也數不盡，卻又不留什麼痕跡。

冬藏

席間一個朋友說起記憶裡的寒冬。

那年十月天，自己的生日，穿著一襲白色的羊毛外套，男友早已等在樓下。

永遠記得那年十月的天氣，開了大門，一陣刺骨寒風襲人，下意識立起衣領，扣上第三個扣子，樓梯的另一邊是一張微笑的臉，冬陽般蒸融她的心。

這些畫面其實不太記得，只清楚記憶一襲羊毛的溫厚。

既寒冷又溫暖的感覺也已不復記憶，那件羊毛外套也早給了回收，只因曾經穿著它便清楚標記了那年的生命溫度。那年冬天應該好冷吧？是羊毛外套收藏了那年的冬天，兩個人可以專心的用彼此取暖的寒冷冬天。

於是每到十月初冬，記憶裡的時序就會跑了出來，換去秋天外衣的十月，吹進的應該是瑟縮著不發一語的十一月，應該寧願窩在慢慢呼吸節奏的十二月，應該整個城市正安靜下來好好過冬的元日。然後躲藏冬裡的四肢會長出毛毛的觸鬚，一點一點看望山櫻花的枝芽，有沒有偷偷捎來初春訊息的粉嫩小臉。然後，茫茫春意不知何時便糊里糊塗的闖了進來。

是祖先的記憶教會我們霜降之後就是立冬，然後經過小雪和大雪才是冬至。只是生活的時序究竟會照著哪張記憶卡走，每個人的生命系統其實一直在更新狀態。今年冬天到了十一月末還是滾燙燙的不安，巷子四處走走，還是會帶件外套披條絲巾再出門，怎知絲巾也是香汗淋漓，沒有一絲絲掀起裙襬的冷風，陽光很美，依然頻頻記憶著的孤寒的冷冬。

就要十二月了，思緒如鐘擺還擺著春夏和秋冬，四季不是依著腕表上的時間走，有時穿起朋友的羊毛外套，有時燃著記憶裡愛丁堡的爐火，有時又躲在冬藏獵物的冰封歲月。

地球教會我們的不只是自己的轉動，辛苦的祖先們留下的秩序其實正茫然失序中的重置著。有時不小心闖入了宇宙的起源，那兒是生命動力的開始，連恐龍都不知的漂浮旅程，啥也不知四季的最初。

想飛

昨晚，圖書館好多聲音。

詩人從夢中書房走了出來，眼光依然炯亮，看著背對背的黃色沙發忍不著搖了搖頭，揮手便讓看著同一本書的兩個人發現彼此。

向來不喜歡笑的他笑出了聲音，驚醒了伏首寫小說的你，書桌搖了一下，你看見詩人，彷彿識得他。

揹著孱弱的意志來到樹下，流浪的你曾經遇見他。

詩人走向你，看了看你寫的文字，再熟悉不過的街角咖啡

攝影：顧凱森

店窗口，昏黃街燈下一樣的斑駁磚牆。為什麼你也知道？詩人問起你。

難道你也曾來過？

你說那是巴黎福爾街的牆。詩人點點頭，是呀，我知道。你最清楚不過的細節，原來詩人也曾注意著。

不過那地方根本是虛構的場景，你笑了笑。詩人沒有回答，只是拿起你的筆，繼續寫了下去。

這時的你只有坐在一旁，看著詩人不停的揮筆，將福爾街的迷霧寫成了家門外的煙塵，離家時你才十二歲，為了戰火，背起簡單行囊和母親揮別。一路流浪到這座島嶼，你活了下來，揹著記憶的行囊來到這座斑駁磚牆，開始構築家園，以及一本本的書。你有時會想起離家時的自己，為了怕遺忘母親的模樣，你把她寫進了詩，這樣你也留住了家鄉甜甜的風。

詩人抬起頭，將筆交還給你，時間又回到了你的樹下，孱弱的意志帶著流浪的你繼續著巴黎的旅程，你想起自己那顆曾經恐懼的心，不確定自己能否走完這趟未知的旅程，此刻心卻是狂喜不已的，福爾街的迷霧成了穿越詩人記憶的門。

你念起寫給詩人的文字，詩人喝著你手中的咖啡靜靜聆聽：

〈想飛〉

隨你

穿過荒原
你的腳尖畫出了天的弧線
輕盈草間，斑駁牆垣
你說你
想飛
遠方
棲居的島嶼
荒原深處，那月光
映照著你的雙眼
我聽見海潮
風
穿過林間
你想說的，此刻
我都聽見

向你揮別，詩人背影在話語間逐漸灰暗。

不再噤聲的宇宙，不只有自轉的小星球，以文學為恆星，在時間裡崩解並流轉。對話在空氣中握手，有許多解與不解的迷霧依然存在文字之中，迷霧也是生命的本貌，挖掘，成為創作者與閱讀者的遊戲。樂在其中，你與詩人成就彼此文學的眼光。

樓下做回收的阿嬤貼了張紙，粗黑斗大的新細明體字寫著：回收不做，請勿送來。

原本牆角習慣擱著一袋又一袋的物品，此刻突然不知去了哪裡，大門兩旁成了乾淨清爽的空間，讓人眼睛為之一亮。

原來就該這個模樣吧，我想。

阿嬤其實並非身體不好，抓起袋子堆在推車上的手勁還不輸年輕人，有時看見她口裡說著有沒有回收要給她時，還擔心她會推不動，看著她前進的蹣跚，想幫忙她的人都被她嚴厲拒絕，她

總是滿心不悅的語帶埋怨，這一點點回收都不夠吃飯，哪會推不動呢？被拒絕這事，當然對一個忙碌的城市人來說，等於省了許多額外時間和體力，但對一位回收阿嬤來說，她到底一直堅持埋怨著什麼？

前幾天她在遠地工作的兒子回來了，深夜開始有些細微的爭吵，都是阿嬤嚴厲的斥責，斥責兒子嫌她老，嫌她做回收不乾淨，聽不清楚的是兒子細聲的話語，他們的對話彷彿只是單向的操作，不清楚兒子到底反對的是做回收這件事，還是母親逐漸老去的真相。總之，隔天便出現一張很漂亮的電腦列印紙，洗石子的灰白牆面突然神奇似的很簡潔很現代。

阿嬤的兒子這幾天又不見蹤影了，門前空了，也聽不見阿嬤斥責的拒絕，這幾天甚至很少看見她在巷口蹣跚的身影。

看到餐桌上的芭蕉串，不假思索的就選了它。這根芭蕉理所當然的就該先進到某人的肚子，選都不用選了。

成熟的顏色，一看就知道，如此嫩黃，彷彿還沒吃就已經嘗到甜膩飽滿的絕美滋味，相對於其他同宗弟兄們，她的美讓生命先馳得點，卻也讓她理由充分的消失不見。

同樣的呼吸同樣的土壤，孕育了這一棵芭蕉樹，樹上開了花也結了果，長到蕉農可以點頭的模樣，採收包裝，來到世人面前，接下來該是什麼模樣？即使是同一株花朵生成的果實，同樣的生澀嫩綠呈現世人面前，第二天，當我們從睡夢中悠悠轉醒，餐桌上的她們還是無需任何道理的各自表述內在的基因工程。

生命是一場見證。生命就是這樣。你這麼說。

惡口

尋著都市的節奏，我愈來愈愛罵人了。

眼耳鼻舌身，什麼都跟不上節奏，只有舌頭比快，看到不合理現象喜歡理所當然的咒罵他人，當比自己搶先一步的爭道爭時間的人突地奔馳眼前，便口出嫌棄的指責背影，聲音之大，連闇黑背影都會做出豎起耳朵的模樣。心裡是驚了一下，卻也頗沾沾自喜，想著自己的惡口還真是一把合情合理的毒箭，刺穿亂馬奔馳的敵軍，為了拯救和平理想的社會秩序，我的口沾滿毒液也甘之如飴。

真是合情合理的咒罵，我想。已經忍受已久的亂象，舉凡城市的貪婪，衣著的赤裸，還有愈來愈多讓人受不住的醜陋人性，我就咒罵這麼一兩句，已經算是一股清流了，於是自己的口出惡言我聽得愈來愈習慣。

開車的時候最愛罵人，看著窗玻璃外爭道搶停車位的快車，忍不住口出惡言，瞄一眼擋風玻璃上的自己，映照的線條真是犀利又冷冽。有時在心裡罵，有時是破口罵，有時選擇拐個彎罵，如果自以為聰明還來個冷嘲熱諷愈來愈不留情。這是怎樣的城市，咒罵後我問自己，怎麼處處充滿著野獸般的叢林法則，弱肉強食也罷，但每個齜牙狂奔的身影明明都穿著人皮說著人話，「×××」，是誰允許你們這樣人性盡失？

彷彿張了口就要傾瀉而出言語，於是又儘說些無厘頭笑話好顯得自己跟上城市運轉的節奏，殊不知隨口而出的話卻覆水難收，為難了他人，更作賤了自己。

可為什麼想起京都的秋天，盡是一幅幅美好的畫面？

根本沒見過的異國山水，滿山楓紅的3D畫面卻可以稱讚得這般自然，但對於明明自己熟悉的巷口路障，卻像是不小心闖進的陌生異國小路，說不出來由更不知自己為什麼屬於這裡，即將崩毀的罪惡之城，我對著空氣大吼，面對自己太過自然的惡口，這座城市還真的愈來愈向著地心沉淪。

向著山脊的窗櫺聽見我的惡口卻沒有任何回音，已經與廢墟共存許多年歲，它依然選擇噤聲，即使張著眼，日日俯瞰整座盆地，世事浮雲，人車爭鳴，能夠給它一雙透明眼睛笑看紅塵的，依然還是這座不堪使用的廢墟。

偶然與巧合

這幾天窗臺總跑來一隻貓。

黑色的毛翠綠的眼，映在雕花窗玻璃上顯得詭異，傍晚時分伴著悠悠日影的叫聲還有些迷離。

不知從哪兒來，來了之後深怕屋內的人不知道還不停的呼喚著，那叫聲，輕輕的綿延著嬌嗔，好像帶了什麼前世記憶，想喚醒屋子什麼，卻彷彿又遺忘了什麼所以來此尋找，只能以今世殘存的記憶絮絮叨叨訴說著。不知道牠為什麼跑來，每天每天，白天和夜晚。

這不過是一處擺滿假花的小陽臺，窗臺的主人不習慣開窗，更不喜歡施捨什麼，更何況是一隻素昧平生的貓。第一天第二天的冷漠以對就足以讓牠深感無趣吧，但這貓似乎在意的不是這些，牠總是說來就來。

為了讓屋內的人知道牠來了，牠溫柔的輕喚著什麼，直到有人靠近窗邊，牠便以身子輕觸玻璃，來回磨蹭，舞動曼妙長尾，繼續著一聲又一聲溫柔的呼喚。那雙眼，令人不敢直視，不知這樣的依傍，這樣的企盼從何而來，因緣，我們的因緣究竟是該從哪來接起？

小時候豢養的幾隻寵物，總是知道媽媽從哪裡抱回來的，陪伴童年的過程記憶至今猶新，那樣的感情繫絆畢竟有因有果，是偶然還是巧合的緣分來到今生今世都會有個解釋，也都該有個理由吧。這貓，黑色的毛翠綠的眼，不知從哪裡竄出，也不清楚牠的去處，每天來去，日日呼喚，從好奇的靠近到窗戶緊閉，無法

解釋這樣的因緣，無法溝通與要求的關係，原來，在這個世間還有這般沒來由的情感。

深怕牠的溫柔祈求會讓我們的關係從此不同，深怕牠的出現會讓一切必須找到理由，兩個世界的默契還緊緊依傍著薄薄的一片窗玻璃。

昨天出門時看見一隻斧螳。出現在一只鐵製葉片上，我們互看了許久，寶石紅的眼睛絲毫不畏懼，渾然天成的翠綠讓人以為牠本是葉片的一部分，擁有了一片葉牠也好享受其中。或許牠正以為眼前的翠綠本是天堂，終於覓得歸宿？還是只因為迷路？

牠的出現，出人意料之外的迷人。

時間成了一條線，沒有過去，更不知未來。此時，斧螳早已

不知去了哪裡，窗臺溫柔而陌生的呼喚依然。

那扇窗還是沒有找到理由打開。

通訊錄

老師過世了。

最後一次見到老師是在一家速食店。老師在看報，一眼就認出老師，興奮的向老師問東問西，也留下電話，相約要辦同學會請老師參加，老師為了師丈的健康一直深居簡出，能不能去，老師並沒有肯定答覆。

當天的同學會，颱風。同學會延期至今。終於沒有再見老師。

這幾天的日子過得特別疲憊，想起老師的離世，想起生命的流逝，走到「好天氣，從不為誰停留」的攝影詩展會場，一切的一切，似乎又回到了第一次看到老師的慈愛眼光。

依稀記得老師總是安靜看著我們不安的十七歲青春，找我約談的她總是拉張椅子要我坐在身邊，時而當我的聽眾，時而點醒我的青春迷惘，從不曾大聲喝斥學生的她，喜歡買書送給努力進步的孩子，但卻一點也不記得她是否會喜歡和我們一樣的小說人物。當我們早已忘了不再提燈籠的元宵節時，她會認真為我們準備自製的元宵燈謎，將我們每一個人的名字當成謎底，讓我們搶著撕燈謎拿獎品胡鬧一節國文課。

一幕幕年少回憶此時漸漸映入眼簾。

同學們問起老師年齡，卻沒有一個人知道。因為老師的年齡一直是個最高機密嗎？我們自嘲著。

記憶中的老師總是安靜的看著我們，總是默默的體會著我們，卻也總是嚴厲的要求我們，爾後我們插翅離巢，她依然繼續眷愛著每一隻出生的幼雛，當時的她，如果不是和我們年齡這麼接近，如何能理解青春的無解？如果，她沒有父母般的成熟經驗，又怎能如此包容我們的狂傲無禮呢？

終究沒有人能真正推算出老師的年紀。

老師的女兒在簡訊中告訴我老師在睡夢中安靜的離開這個世界。同學們終於相信了老師必然高壽的事實，老師一定是耄耋之年，才能如此毫無痛楚的離去吧。

老師的女兒翻找母親的手機，只看見兩個學生的電話號碼。還在夢裡的老師會不會繼續翻找著一本本畢業紀念冊的通訊錄？那是一個怎樣的夢境？當牆上的時鐘開始停止轉動，躺在分針和時針之間的老師會想起兩支電話號碼的學生嗎？會不會記得一張張被我們倉促撕下來的紅色燈謎，會不會知道，其實我們好想念妳。

秩序的生長

一位父親最近非常傷心。

孩子向大學報到的第一天就毅然決然離開了家，為了證明自己長大，傳了一則簡訊說明自己此刻的心情，終於等到了分離，孩子說他受夠了家裡給的壓力等等，共二〇字結束一切，從此以後將斷了與父親的任何聯繫，甚至不願再拿一毛零用錢以宣示自己獨立。父親急切的在孩子的臉書上私訊，卻只有「已讀不回」。

父親黯然的將買好的軍綠色冬衣藏在衣櫃最深處。明知自己可以到孩子就讀的學校找到他，再將這件冬衣親手交給他，但這位父親還是選擇尊重孩子的選擇。

這位父親一早來到捷運站，抬頭看見了臺灣欒樹一夜之間由綠變了黃，心裡突然有說不出的感傷，秋天了，該來的來該走的終究還是會離開的，不是嗎？他這些早都知道，但世間到底有沒有足以寬慰他的好理由呢？為什麼他的孩子昨天還安靜的陪在他身邊聽他叮嚀租房子在外的安全事宜，隔天他就在毫無預警的情況下發了封沒有溫度的簡訊？

清晨的捷運站雖然冷清無人，但是他就是知道再過十分鐘必湧入上班人潮，這座城依然在儼然的秩序中運行著，他也是這樣規律的陪伴著孩子成長，為什麼還沒到下車的時候孩子就突然不告而別？

什麼才是這宇宙真正的秩序呢？他問自己。究竟是崩解還是成長？眼前這個由點線面組成的宇宙，其實還是有許多隨心所欲

的組合與拆解。

生命在不自覺中成長，也在安排好的軌道上依序前進，車廂一個個拉環，排列整齊的模樣看起來就是各安其位的令人安心，拉環永遠都在原處，上下車的人們匆匆忙忙的來去，雖然片刻又虛渺，卻在在充滿了令人期待的表情。

這位父親還是難掩內心的感傷，起身離開了車廂，前往上班的所在。

一路上他試著想像孩子生命的軌跡，尤其是突然從他身邊岔出不可知的路徑，他不知道接下來孩子會遭遇到什麼人生的經驗，依然非常掛念著南方的生活是否適應，但他開始學習相信：每一個生命軌道走得再遠，都仍有一個圓心隱然其中，一如看似正逐漸崩毀的秋天，其實依然隨著種子的落土，正默默依循著什麼生長的秩序。

從零開始

小時候大人不在家時，就是我們兩姐弟扮家家酒的時候了。

我們倆喜歡將四個方方正正的椅墊圍成一個小小的家，將摘來的花當裝飾，於是前面放花的地方就是這個家的陽臺，再拿書本當茶几，上面放了幾片切好的水果，就是這個家的客廳了。一整天姐弟倆就是不停的裝飾這個微型的家，搬進搬出的東西，其實都是不起眼的小玩具，我們想像著自己生活在親自妝點的家裡，感覺著創造生活的快樂。

到了晚上，辛苦工作一天的父母陸續回了家，為了生計，

常常無暇顧及我們姐弟倆圍成四面牆的家。我們回到了現世兒女的身分，走出遊嬉的牆外，走進父母辛苦構築的牆內，感受著井然世界裡無所不在的期盼，隱隱然覺得蹲在白日那個小小的家裡有種莫名的安全感。

即使它只是小孩子的創造遊戲，即使它終將隨著童年的遠去而逐漸消逝。

長大後的世界，不停的向上構築向外擴張，不只四面牆，我們開始創造真正的牆，務必堅實，拆解不易。面對一堵堵空洞的白牆堆砌長大的世界，我想妝點些什麼，像孩提時候的扮家家酒。

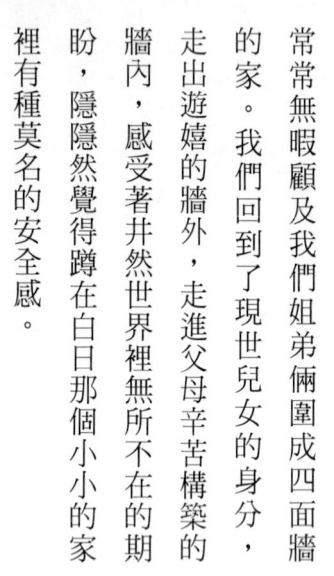

這裡開始掛上一幅幅的攝影作品。

上午才因為卸展而將整片牆空了出來，看不出它曾經感動了多少人，讓多少人為它駐足。現在的它仍然只是一面牆。

牆上的掛釘仍在，卻空空蕩蕩的晃盪著像個無心的鐘擺，任時間走過。直到一幅幅的攝影作品開始掛上了牆，牆於是有了表情。

於是再度又吸引著人們在牆的身邊聽它說著不同的故事，好像一本立體的書，又像一部正在放映的電影，藝術家潛心創造的世界，讓這面冷冷的牆有了屬於自己的臉孔。

雖然它只傳述著別人的故事，卻也因著它，故事有了發生的場景，人們有了可以駐足想像的空間，一座牆，雖然終究還是得回到故事的起點，沒有留下任何駐足的光影，甚至專門為它說一個故事，但是，這就是孩提時候扮家家酒的樂趣吧。

帶不走的，依然會永遠留在這片空白的牆上。

無從證明的美好時光

天氣轉涼，寒露正濃，馬路兩旁的臺灣欒樹已換上了橘紅蒴果，黃色花冠已然落地成泥。踐踏其間，黃泥恍惚如夢。遠離天空的豈只是枝頭上的花意，更有那無從證明的美好光景。

我們擁有的，豈只是回憶？

喜歡聽朋友們憶起童年時的美好時光，最近引起討論的是屬於四、五年級生放學必看的木偶電視影集《雷鳥神機隊》（Thunderbirds）明年即將重返電視螢光幕。雖然據英國媒體報導，新系列《雷鳥神機隊》二〇一五年將在英國獨立電視臺頻道

播出，不過對當年雷鳥迷的我們來說，一看到新影集採用先進的電腦成像（CGI）技術製作，而非當年的「超級人偶劇」技術，隱隱然覺得此身已非吾有之遺憾。

當大家在臉書談論此事時，初時有種意外遇著故友的驚喜，爾後真的仔細端詳彼此，發覺那竟只是與童年友人同名同姓的陌生人而已。

記憶裡那個在巷弄奔跑趕回家拿起鑰匙打開家門，匆匆丟下書包電視打開定睛等候的單純童年，卻隨著陌生版的《雷鳥神機隊》再度被喚醒。

從小，快樂的真諦、我最快樂的一件事，或是快樂的泉源，以上這些都是作文常見題，然而記憶本身，也一直在為自己書寫快樂版的劇情，直至長大為自己的書寫序，卻因著序的完成莫名喚起了悲傷的童年記憶。那些字裡行間的記憶，與成年的自己相遇，孤獨無語的童年是孩提時期熟悉的《雷鳥神機隊》，卻是父母未曾知曉的闇黑童年。

如今，是該上映修飾好的新版《雷鳥神機隊》呢？還是重新放映已經瘖啞失聲的童年記憶呢？

隨著父母閱讀時的眼淚而更見清晰的，是一幕幕看著《雷鳥神機隊》時的純真時光。彼時的歡樂，此時的悲傷，你問我，究竟哪一個才是記憶裡的真相？想起父母拿著我寫的序，憂傷的問起我：「孩子呀，難道你的童年都沒有快樂的事嗎？」我的快樂記憶又再度被清楚喚醒。

曾經的蒼白，看過的木偶版《雷鳥神機隊》，全都只成了瘦瘦的一張A4紙。踐踏記憶，深植內心的樹根歷歷在目。遠離天空的豈只是秋意已濃的落花，更有那無從證明的美好光景。

好天氣，從不為誰停留

凱森是我的弟弟。

我們一起養過許多寵物，看過許多生死，印象最深的一次是小學三年級，出門上學前已經知道老狗史努比應該拖不過今晚了吧，傍晚回到家前膽小的我讓弟弟先拿鑰匙開門進去，我等在門外。五分鐘後弟弟含著眼淚出來，那時他才一年級，卻沈穩地說著安慰我的話。

「狗狗趴在牆邊，原來頭低低的，見到我回來，努力地睜開眼睛看著我，我也看到牠了。然後，牠就安心地闔起眼睛走了。」

聽到了弟弟這麼說，我是不是哭得更傷心這事全不記得了，卻清清楚楚感受到一股莫名的安全感，在我們姊弟倆之間，共同經歷生命這件大事，已成為一種互相扶持的默契。

其實我們一起經歷成長的時光並不長。國中畢業的他考上復興美工便賃居在外，我也一頭栽進書堆，只為讓憂心家務的母親綻放一點點的笑靨。見面的時光我們也總是話不多，但是許多孩提時期的共同秘密依然似遠似近的默默牽繫著

攝影：顧凱森

我們倆。

每個小學的寒暑假，我們喜歡爸媽不在家的自由時光，偷偷到前面的小公園賣些手做的小畫紙，從高高的二樓露臺勇敢跳到一樓的馬路上，還有還有，忘了帶鑰匙的時候大膽包天的從隔壁四樓跨到自家四樓的陽臺上大難不死。這些回憶裡的點點滴滴，如今思及，依然相信姊弟倆擁有看待世界的相同默契與頻率，就是這一起孤獨的童年培養了我們。

總是一起躲到樓頂逃避大人的陰霾，一起安靜的看著遠處層層的山巒，冷眼觀察從天空乖乖飛回鴿巢的賽鴿。我們從來不曾分享什麼幽微的青澀心事，深深的憂谷從不會輕易讓自己的親人靠近。一轉眼，我們只有在節日的名義下聚餐見面，有時可以讀出彼此孩提時的憂傷，卻從不敢輕易提出對話以免破壞彼此的默契。直到弟弟開始拿著相機四處捕捉山林的飛羽，一隻隻在陽光下展現姿態的生命間接透露了他的心事，我讀出了牠們，

更讀出了弟弟與我之間無法取代的默契。

生命多麼詭異，多麼陰晴未定，卻也在看不見的地方透露著生命無上的尊嚴與溫度。

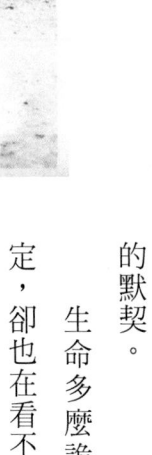

坐著捷運，我從北投出發，讓弟弟的好天氣陪伴我，透過他的鏡頭，我看到了他也讀到了自己。於是，我用i-pad完成了與他的對話，以一首首的詩。

原來，我們觀看的世界依然如此相似，擁有陰影的同時也能發現大雨過後謎樣的琉璃光，都會趁著好天氣的時候積極跳出窗外留住難得一見的美好，以攝影，以詩句。

因為我們一直相信，好天氣從不為誰停留。

輯二　城市構圖學

隔著強化玻璃遠遠看望彼此，我們無法說話的白日，成了彼此最想念的風景。

聽你說故事

傍晚我們一起吃飯，你說了個故事給我聽。

故事其實是又說起對面鄰居家的松鼠成天追著同伴跳上跳下的，清晨起來你在自己的書房看得好起勁，看到後來還忍不住和鄰居聊起這件事，鄰居也是如數家珍的聊起這一窩松鼠爸爸媽媽的日常生活，不管是抓起果實或是攀爬樹枝，你都說得投入，我也聽得入迷，彷彿松鼠的跳躍就是地表舞臺情節的最高潮。

我喜歡安靜聽你說故事。

說故事的時候我全然聆聽，自己其實不會爬樹，聽著聽著卻

也隨你飛奔在樹梢與樹梢之間，拾起想了好久的果實，也跟著珍惜不已的啃了起來。曾幾何時我可以全然了解一隻毛茸茸松鼠的日常生活，然後，也跟著你的眼睛看見你窗前的世界。

白天我們總是各自忙碌著，一座通往頂樓的電梯載著滿滿的人，我喜歡用走的，一步一步的算著階梯，不知不覺也就走到了自己的座位，這時窗外的你正在向我扮鬼臉。你的辦公室座落在二十一樓，我恰巧也是，隔著強化玻璃遠遠看望彼此，我們無法說話的白日，成了彼此最想念的風景。

我在玻璃帷幕裡拚命建構自己的堡

壘，老闆一次又一次的對我說話，卻是單向式的命令口吻，我也習慣性的回應著，想像語言就是一列又一列的火車緩緩進站，只能默默聆聽著，觀看著執意前進的輪子粗魯的摩擦鐵軌，一次又一次傳來的刺耳聲，完全無法招架的單向命令，火車終於進站了，繼續接應陌生的旅客，然後頭也不回的往前奔馳，月臺上，只需記錄著他何時執意到來，從不在意旅客的離去。

此刻我看著二十一樓的你，正低著頭振筆疾書，沒有松鼠般日常的表情，心裡在想些什麼我全然不知，隔著窗玻璃我們是兩座堅實的城堡，我無法看見自己卻看得見你。

夜色就要降臨，路燈一盞盞的亮起，當我們各自走出玻璃帷幕，一步步走向彼此，我喜歡聽你又說起松鼠的日常故事，說著說著，我是夜裡的光，你是白天的影，兩座城堡也跳躍了起來，因為聆聽。

你可以更軟弱：軟弱節

那天早餐店老闆真的很不高興，平常微笑親切的他不知道發生了什麼事，整張垮下來的臉比鐵板麵還垮酷，站在他面前點餐的我突然覺得很害怕，心裡反覆念著「招牌蛋餅不加玉米小黃瓜！總匯三明治不加洋蔥小黃瓜！奶茶不加糖不加冰……」給我成功，其餘免談！

呼，終於輪到我了，老闆沒有抬頭，只是用微禿的腦門說：「要……點……什……麼……」機械般的陌生聲調令人害怕，連吃了幾個螺絲，終於交代清楚了，呼了一口氣準備快閃一邊時，老闆的眉毛突然抬了起來：「今天不是點一樣的嗎？有必要講得這麼結結巴巴喔？」眼睛頓時朝我射出銀劍般的光，冷靜依然的吐了兩句話。

如果我夠勇敢夠兇猛，此時應該會回嗆老闆兩句狠話，以示我的不甘示弱不可欺負，還好我腦子突然閃入一句孬話：「我其實很怕今天的你喔！」於是我以非常發抖的聲音回應今天怪怪的老闆：老闆你知不知道呀，今天的你真的很奇怪狠奇怪到讓人害怕喔，我不習慣你兇巴巴的表情，請問呀，你今天是怎樣呀？

老闆這時突然露出平日閃閃的金牙，抓抓腦門說自己昨天晚上多喝了點酒到現在還想睡覺，但是怕早餐店突然沒開，會讓我們這些老主顧不知道吃什麼，只好悶著頭一直做一直做，希望我要多多包涵之類的胡言亂語。我的軟弱此時突然又不知跑到哪裡去了，居然還提醒著老闆貪杯真的不好之類極端囉嗦的話，老闆只是一逕的傻笑，做好早餐雙手交給我，快快拿起我的早餐回家一打開，所有提醒老闆的話，老闆居然全都記得！

其實本來面對老闆臉面的沒禮貌，我很想大聲告訴他我可是不好惹的顧客，他敢這樣得罪我，以後可就賺不到我的生意錢之類的狠話。

本來嘛，生存如一頭獅子行走在偌大的叢林裡，如果不吼叫個幾聲以仗聲勢，只怕會有更多的家禽猛獸會以為你是好欺負的弱羊爬你頭上唷你還笑你呢。可是我卻也清楚記得村上春樹在《尋羊冒險記》裡寫過的兩句話：「我喜歡我的軟弱。也喜歡痛苦和難過喔。」軟弱喔，在叢林生存法則裡是一個永不存在的名詞，向人示弱就是間接鼓勵著他人的成功，這不也就是直接承認自己根本就是一名十足的魯蛇嗎？

連尋常日子走在尋常巷弄裡，都會被路過的一張張海報提醒著：「你一定要勇敢的面對人生呀！」、「如果軟弱你就是個魯蛇！」、「給我成功，其餘免談！」天呀，我只是去買個營養早餐填飽我小小的胃，有必要帶著十足勇氣去面對可能酒沒醒的傷心早餐店老闆嗎？難道我不能偶而「勇敢」的顯示我的「軟弱」嗎？

我喜歡告訴兇猛的森林萬獸之王說，你看我真的只是一隻南方平原不起眼的綿羊喔，我不會成為你蓊鬱叢林裡的一頭勁敵，請不要花時間防衛我與對抗我，因為那只會浪費我小小有限的人生，一個想要遠遠的享受陽光吃著一方青草地的痛快人生。

但是，畢竟夏宇在〈太初有字〉也說過：「想像從來沒有什麼過般地愛你／而且很想向你顯示軟弱／所愛上的你包括所沒有愛上的你」，很想顯示我的軟弱，夏宇可見並沒有毫無節制要過著擺爛人生。因為一直顯示軟弱的人生會更顯得不瀟灑更不自主，一味追求軟弱人生和追求成功人生同樣讓人覺得刻意又單調。

所以，我喜歡在屬於我的「軟弱節」那天好好的做個南方小羊，下雨也好，天晴也罷，走過身邊的獅子或是汩汩洪流，我都會選擇遠遠躲開，只是低著頭完全不去抵抗強權無賴，只是摸摸鼻子傻傻的接受時光匆匆流逝的無情侵襲，一任自己像個無知魯鈍的孩童，向天求饒，請給我一個全然無虞的樹蔭，讓我可以安靜的在樹下盡情玩耍，然後乖乖回家，等著被親愛的爸爸媽媽呵護或責罵。

一、軟弱節的由來：

各國必有國慶日，象徵著「成功」才是國家成立的開始，然而「成功」之後呢？我們應該為每一個「成功」的開始創造更嶄新的定義，如此「成功」才不會使人腐化。我相信如果全國人民偶而有一天可以面對自己「軟弱」的權利與事實，走在街上低頭或是哭泣都不會擔心他人會嘲笑你是魯蛇，相信度過「軟弱節」後第二天的自己會更「勇敢」也更「自由」的追求屬於自己的人生喔。

二、軟弱節可以這樣過：

選擇一月二十三日為國定「軟弱節」是因為這個節日曾是「世界自由日」，只要面對一天的軟弱，就能得到內心大大的自由。當天規定全國老百姓不可以鼓勵他人要「勇敢」，更不可以督促自己一定非要「成功」。收錄至理名言或成功人生經驗的書籍都不會放在書店暢銷排行榜的開架區，只會以童話故事或是現代詩集慶祝這個「軟弱節」。

但願在你身邊

說是要和你聊事情，心想晚上的咖啡店理應安靜多了，待進了店裡果然安靜得很，卻沒有多餘的雙人座。

每一處的桌前都坐著人，多數是一個人，或看著電腦，或玩著手機，或互相張望眼神，看似忙碌卻也不知在忙些什麼。已經是晚餐後的時光，一個人的城市才正要開張。

不是明天還要上班嗎？我問你，工作了一整天，難道不該回家洗個澡窩在電視機前吃個冰品，看見自己的眼皮逐漸垂下，電視機開始模糊，才依依不捨地回到床上攤平嗎？方才脫離了一整

天忙碌的群體打拚，此刻的城市卻依然停不下來，將自己繼續交給夜晚的子民，提供一個人和一個人似近若遠的安全距離，彼此不認識，卻在同一座屋簷下啜飲著咖啡香，甚至還能看著彼方的電腦螢幕。

這裡擁有孤獨的理由，每個人將自己任命為孤城的王，建了牢籠，也架設了望遠鏡，守著自己的孤獨，卻可以感覺陌生角落的寂寞，卻依然不被打擾。沒有人會刻意棄城而逃，在這兒每個人都將孤獨視為心靈的伴侶。

只是，當咖啡冷了，蛋糕吃完

最後一口，孤獨的王依然不說一句話。

但願在你身邊，即使夜晚的城市將孤獨妝點得很有個性。我寧願來到你的門前，邀你出來散步，一起看電影，一起說起自己的心事，觸摸彼此的溫度，感受這座城市每一句夢話的真實。

今天的構圖學

來到城市的一座寺院，坐落於平原一角，稻田綠浪圍繞其間，山嶺在不遠處橫臥成觀音之姿。

寺院很安靜，行走其間的人都會互相頷首合十，互念阿彌陀佛。小孩子不知道，自顧自的奔跑，這時必會有人安靜的走到童聲的面前，悄悄低身貼耳提醒著。於是，孩子的父母便會前來感謝，然後溫柔提醒孩子的行為。

又回到安靜的時刻。

沒有太多理由，彼此都知道這是一個適合沉思、冥想，和天地對話的時刻，一切都因為自持守紀而不染塵埃，因為懂得禮貌而自己也獲得尊重。多麼美好的守護，各自擁有也彼此守護，像眼前的這座方池，水在天裡，天入水間，幾朵蓮花數不清的綠波，我們行走在方池邊際，腳步自然而舒緩，即使相向而行的來者，也無須擔心彼此即將衝突於來時路。

依然不時有人還是過於靠近水邊，溫柔的提醒還是輕輕帶離了他們。

為了捕捉眼前無法以文字形容的，渾然天成的寧靜，我拍了一張又一張的照片，總是翻來覆去琢磨拍攝的角度，甚至引來多次溫柔的提醒，提醒我小心走入寧靜方池。

當初按鍵取景，諸多的想法都在框架之內取得完美的平衡，一旦取景完成，所有該說的話當下都深信有了傳遞的畫面。

待回頭一一檢視作品，卻總有不能理解的角落或構圖乍然生出，懊惱是怎麼多放了什麼，或是少框進了哪些？怎麼觀看就是覺得畫面並沒有回到最初相遇的畫面本身。

是因為構圖嗎？難道構圖也成了捕捉感動不宜忽略的關鍵？渾然天成的美景也來自造物主的構圖傑作嗎？有時置身美景之間，自己就是構圖的一部分，渾然天成來自渾然不知的投身與享受，待情隨時移，沉澱了，也遠離了，距離的產生讓我們來到美感的另一種層次，於是，平衡或是適宜的比例，成了視覺的境界。

當我們從當事人變成了欣賞者，哇，原來又走到了另一個創造世界。還好，許多攝影軟體的後製功能實在強大，今天的構圖學成就了另一座方池。

你的夜

看戲後的下一場戲。

整條街都成了吧臺。乾杯吧！啜飲只會虛度今晚的月光，你決定今晚一定要不醉不歸。

於是你又來到夜晚城市的白晝區，將千萬跑車緩緩駛進明亮與闇黑的交界處，低沉的引擎聲代替你內心的嘶吼：誰說自己不會成功，今天就要再一次證明自己在舞臺的魅力依舊深植每一位歌迷的心底！

於是你將車鑰匙丟給了泊車小弟，假裝不在意門口飄來的

欽羨，大方的走進夜店，和幾個熟識的朋友打個招呼，滑過前方舞池的光影交錯，這裡很適合你，你想。在闇黑中，青春的肉體和骷髏的臉龐又如何分辨？這裡不分年齡，只有地位，和欲望的深淺。

你坐在吧臺，有幾個女孩坐在不遠處，你買了幾杯酒請她們，她們向你點頭微笑，你過去和她們聊天，其實音樂太喧譁根本聽不到什麼，但說起自己第一張紅得發紫的唱片時你嘶吼得特別賣力，彷彿那還是昨天的事。當她們終於聽到你擁有一間錄音室和主持一兩個小小的音樂性節目時，總是會有一兩個女孩興奮的嘶吼著明星夢的憧憬，就在幾杯黃湯下肚相擁起舞後隨你出門。

你依然在天亮之前和她們分別。多麼青春的肉體呀，你闔上房門對自己嘶吼！

你擁有的依然是遠大的音樂夢，讓這些女孩以為你真的可以幫她們實現夢想，你發誓沒有欺騙她們，因為你也在繼續追夢，而夢也一直沒有醒，但是，誰來為自己曾有的榮耀繼續點亮廢墟舞臺呢？

只有在這座華麗城市，你可以繼續做著夢，只要你選擇在夜裡逡巡，在這樣闇黑與黎明交界處對著年輕的耳朵訴說每一朵花開的可能，你就能永遠不必醒來。

你想起了自己的母親，一個未曾謀面的女子，你從來不知道她愛不愛這個兒子，就像你並不知道自己愛不愛這些夜裡的女子。

盛夏如你

今年夏天特別燥熱，好不容易等到了立秋，而秋天似乎也依約的悄悄現身，清晨的道路開始有種淺淺的涼意，一種終將脫離枝頭的淡定，一種知道大勢已去的解脫，因著一陣秋風吹在臉上而充分感覺四季的流轉。

不知為什麼今天的你特別安靜，連看完電影也不願多說一點評論。這不像你，但也不想勉強你說什麼，想你正沉浸在混沌的思緒底層。

這是一部未來式的電影，來自未來的人類活在一個潛力極致

發揮的年代，可以隨意穿越時空，也能讓敵人毫無遁形，唯一讓主角還感覺到人性存在的只有一個吻了，當這個吻不再溫熱時，這個主角也只成一個徒留軀殼的人類。

多麼不可思議的未來，我說，當我們終於將腦力潛能發揮到極致，終於可以走在人類文明的前端時，我們不會再為一兩個眼神而百思不得其解，也不再為身體的痛楚或舒暢而記載翔實，我們雖然能無所不知，雖然能看透一切，但是人與人之間究竟還有什麼不同？除了相同的腦波和智慧，除了一切都能掌握自如之外，人終擁有了生命的極致，卻感受不到存在的真實感。

今天是處暑，二十四節氣之一，意思是夏天的暑熱正式終止，雖然秋季在時令意義上已經來臨，但夏天的暑氣仍然未減。我們走在林蔭大道上，想起昨天才穿了一件秋裝，今天卻又罩著夏日薄衫，在夏日和秋日之間，看起來遮嬗的如此不留痕跡，卻也不得不佩服時間這個魔術師，就這樣大大方方的偷走了多少的物換星移。

走在公園裡，發現一棵棵樟樹上都是蟬蛻，嚇了一跳，不是因著它們空洞的模樣，而是逃離這件事居然在整個夏天毫無跡象。我努力回憶著今年夏天的蟬聲，竟毫無所獲。蟬聲都跑去哪裡？而我怎麼渾然不覺牠們的聲音？當我不知不覺忽略牠們的同時，牠們其實也順便將盛夏給一併帶走。

如今，只剩一個個軀殼，彷彿還試圖和老樟樹交談著曾經的靈魂。

整個夏天我居然也都沒發現你，其實你不知從什麼時候開始
便不愛說話了。

陪你去看海

曾經希望能和你一起旅行，尤其在有你的海灣裡隨浪濤浮沉就好。

住在內陸城市的我，每天坐著捷運穿梭在站名與站名之間，日日來到淡水，雖然在臨海的大廈裡工作，卻覺得離海好遙遠，隔著厚重的落地窗，連海的聲音都像在演著默劇，不，是啞劇，是我讓海不再對我唱歌。

我想起了你，我們曾經說過要一起來海邊踏浪，就是為了遠離城市的喧囂，尋找一點點無拘束的自由吧。我們都喜歡安靜

的顏色，像是海，雖然起伏洶湧，卻從不給人急躁或匆促的步調，就是靜靜的親吻足跡，從陌生的彼岸依約前來，沿著海灣慢慢的向前推移，然後又帶走足印，靜靜遠離。

在城市生活卻剛好相反，四處都是繽紛的色彩，像是跳躍的音符，企圖挑起我們的欲望，行走其中先是激動亢奮，而後不安，再來就是急欲融入節奏，所以必須加快速度或是呼吸急促，彷彿感受了城市的脈動，但卻更加凌亂模糊。當我們再度放眼城市四周，卻又發現剛剛走過的巷弄是不是又再走了一遍。

那天本來說好要一起去看海的，從城市的中心向海灣方向出發，卻在曲曲折折的道路間迷了路，明明只是前進的車道，卻不知道該通往哪一個地名，而我們說好去看的是「海」，是去看一種安靜的顏色，也是一種和地平線恰好的靠近，這在導航儀器上是無法呈現的地方。

你說，只能倚賴直覺，只要遠離繁瑣的對話和華美的街景，終會到達我們的海。

迷路的時候，我們開始討論，甚至爭執，一想到是為了前往安靜永恆的海，卻依然因為迷路而爭執，我們相視而笑，暫時讓氣氛安靜了下來。

於是，我們不再互動。海，依然離我們好遙遠。

那天我一個人來到海邊，沙灘好柔軟，我有多久沒有感受這樣的細膩。即使終將悄悄流逝，也不再讓我感受一絲的刺痛。

你的背影

放心啦，我自己的決定會自己負責。

在運動中心門口溫柔而堅定的傳來，那是小孩的聲音。

一個女人不疾不徐的回答著：怎麼對自己負責呀？你才兩歲半。

正在低頭整理球具的我忍不住抬頭看了男女主角。媽媽蹲在孩子的身邊，孩子的右手搭在媽媽的肩上，一臉誠懇自信的表情，連我也想說：就這樣放手看看吧，媽媽。

到底有什麼事情可以讓一個兩歲半的孩子臉上充滿偶像劇成

熟男人的表情？而他只有兩歲半，不但不用媽媽的陪伴，還可以自己負責到底。

媽媽的表情很可愛，還是讓肩膀蹲得低低的，讓孩子的左手也可以順勢搭上。

「我去游泳，你去健身房，反正妳不喜歡游泳，站在游泳池旁邊看我，我會有壓力。你去做你喜歡的事，我會照顧自己呀！」孩子就這樣把一切說得清清楚楚，不帶一絲的情感糾葛。

兩個人各自去做喜歡的事，暫時互道珍重，背影對著背影，這種話聽起來，讓天秤座的我彷彿看到了一彎透明清涼的月，靜靜掛在天邊。

一整個銀河系即使有著彼此依傍的關係，終究還是得照著自己的軌道。

可是，媽媽還是溫柔地抱起了他，將他帶往游泳池邊。但是，手上的換洗衣服卻交給孩子自己提著。

兩歲半，能夠承諾的堅定勇氣可以教旁觀者幾乎要點了頭，但是不能放手的還是得緊緊抓牢。即使一個人的月色分外自由。

這幾天陸續接到畢業學生的同學會通知，隻身前往時大家都已經現場布置妥當。已經沒有再叮嚀大家的專屬課堂了，能見面的機會多只有在臉書上，見了面已無法憶起初識時的青澀，點點滴滴的生命

光亮終究也會逐漸沉入時間的河底。

原來，有些事，有些人，當時間到了，就是可以逐漸放手，

然後背影對著背影，各奔前程。即使仍然忍不住偷偷回了頭，還是不會叫住對方的名字讓一切停格。

兩歲半的孩子有一天會需要低著頭和母親說話，這時的他會蹲低自己的肩膀讓母親繼續將手搭在肩上嗎？然後，和她說：不行啦，妳一個人去游泳，叫我怎麼放心呢？

你淺淺的願望

你總是喜歡看一些勵志的格言。

尤其是貼在大片大片落地玻璃上的演講海報。每個充滿勵志氣味的演講者都會取一個響亮的題目，你說，這些題目如果回到寫作文的青春年代，就是那種會被老師畫上紅色圈圈的名言佳句。

每次在課堂上聽到老師大聲念出自己的佳句名言時，總覺得又為自己的成功人生畫出更清晰的藍圖。深吸一口氣，你走上講臺接起自己的作文，那種抬頭挺胸不可一世的滋味，今天想起，你說，似乎離自己已好遙遠。

當你走在熱鬧的人行道上，總還是會忍不住停下來，欣賞這些海報。即使你根本不會去聽這些成功名人的演講。

在捷運上，我們並肩坐著，一路擁擠的車廂突然空出了許多位置，到達這個大站的人們總是朝同一方向努力推進。此時也走進一些人潮，車廂依然安靜。你習慣利用通勤時間閱覽當日重要新聞，我習慣瀏覽人群，車廂的位置漸漸所剩無幾了。

這時我看見約莫是一家四口上了車，剛好我的身邊有兩個位置，爸爸媽媽就自然而然地坐了下來。一兒一女各自一手抓起了拉環。哥哥一手拿出手機開始低頭瀏覽，妹妹開始東看西看。

「爸，暑假作業老師要我們寫：你的願望，那你的願望是什麼呀？」

「喔……就坐捷運坐到位子呀。」

噗，我差點笑出聲音來。眼角偷瞄瞄你，你好像沒有聽見似

的依然專心瀏覽當日財經快訊。

「蛤，你的願望怎麼這麼淺呀！」妹妹的表情其實很詭異，有點瞧不起老爸又有點覺得眼前這人很有創意的崇拜模樣。

「是淺淺呵，可是，你看我的願望已經達成啦！」老爸流露出驕傲的表情，這和出現在電視媒體上一張張的成功自信的神情其實很像。

旁邊的哥哥繼續低頭看手機。這時車子到了站，一家人陸續起身準備下車，這時哥哥趁爸爸起身離開時迅速地坐了一下位置。

一種驕傲神情瞬間流露。原來驕傲也可以這麼可愛。

車廂開始走進了地面以上的陽光。天空的雲貼在窗玻璃上和車內的風景相互輝映。一切都是那麼自然美好，一切卻又是那麼的瞬間即逝。

我完全不記得孩子時期的願望是什麼，想問問隔壁的你。你依然低頭看著手中的訊息，眼鏡的投影上有一排一排密密麻麻的數字。

你的信

你寫來一封信。在城市裡顯得聒噪許多。我一個人聽著爵士樂，一個人做著早餐。郵差按了鈴，說了聲：掛號信。整個巷子都開了窗戶探頭看。

爵士樂繼續響著，屬於暴雨前的熾熱陽光。打開你的信，你在城市彼端寫下前幾天發生的事。

窗口的鐵線蕨冒出新芽、在海邊小鎮的廢墟裡看到了一封寄往山里的信，還附了一張海邊的夕照。我的眼睛能夠看見你所看見的一切，我的城市多了條通往時間的路，這一路上，愛情的事時時刻刻都在發生，我們不習慣發生有劇情的故事，而是習慣訴說著每天經過的場景，讓分享生活成為劇情。

那天，我們來到山邊小聚落，鎮裡只有幾戶人家，一個新住民媽媽正在戶外庭院剪著腳指甲，山下是城市堤外快速道路，川流不息的車潮正巧從心臟處刺穿而過，她專心的剪著，並不在意周圍的一切。我們又繼續往山上走去，看到一處郵政代辦所，只一個窗口，一盞燈，我們卻也看了好久，牆壁上貼著好大的一張海報，海報上印滿了郵遞區號，被海洋所環繞的這座島嶼，每一處幾乎都能將信件送達，但是現在的信件，卻已不再需要郵差。

石階沿著山勢蜿蜒而上，我們這一路上遇到了許多有趣的居民，幾隻貓，坐在窗邊等主人的玩偶，廢棄的沙發椅，還有幾個築夢的旅者。我們一起走著，生活裡的一切繼續陪著我們走過了石階。

她依然還在剪著指甲，像是提醒我們剛剛走過的一條山路果然不是夢。

你說，寫一封信給我，就從這裡寄出罷。寫些城市彼端的事，那兒有你，透過你的眼睛可以看見的我。在這加速的城市裡顯得聒噪許多的書信，卻依然無法取代。

你是我的伴

爸爸已經很久沒騎摩托車了。

印象裡的第一臺摩托車是一輛三陽的，那時我和弟弟還小，加上媽媽四貼剛好夠在臺北四處生活。不知從何時開始三陽就換成了偉士牌，爸爸再也無法承載全家人，更載不了媽媽殷殷的期盼。

半夜聽到偉士牌沉重的引擎聲從巷口彼端消音，就知道爸爸滑回家門口了。然後就是一陣又一陣的爭執聲，我和弟弟只有悄悄把房門關上，假裝大人的世界就只是一場場聲音的遊戲，直到碗盤都摔落地上為止。很快的天亮了，左側轉把控制離合器與換檔，爸爸又踩著黎明的沉默，急急忙忙發動引擎，為了一家人的生活繼續打拚。

這樣的家庭生活是無法在鄰里之間隱藏的，媽媽不喜歡我們和鄰居小孩往來，四層樓的公寓頂樓是我和弟弟最愛去的地方。那裡可以遠眺這座城市，以及輕易凌駕天空的賽鴿群，每當一陣哨聲響起，鴿子又一隻隻放下自由飛回自己的牢籠。

我告訴自己，如果有機會飛離這個家，我絕對不會回頭。

爸爸晚歸成了暫時遺忘白日不順的麻藥，假日的偉士牌就成了他陪伴我和弟弟的大玩具，他說離開這座城市是他最喜歡的事，所以我們三個擠一擠也去過東北角好幾次。爾後我終於離開了這個家，夢裡卻常常看見自己騎著偉士牌帶著爸爸去野柳兜風。

爸爸老了，每天晚上九點準時上床的他會在早上八點準時出門散步。有時去青年公園找他，偷偷看他會坐到陌生的老人身邊聊天，問起他是否認識這個人，他都會說：不認識呀，就只是想找個人說說話。不然，你可以每天來陪我作伴嗎？

帶你去童年的遊樂園

樂園已經沒有小朋友了。

你站在高架橋上看著這座樂園，基隆河濱騎單車的人漸漸增多了，黃昏逐漸籠罩整座龍峒山，夕照後的陰影仍在咖啡杯的入口觀望，輻射飛椅還在不安地搖擺著。小朋友全都回家了，這時的樂園好安靜，摩天輪像天邊一道七彩霓虹。

時間還依然固執地輪轉著。

你說，好久沒有來這裡玩一玩了，家裡的小朋友也從不曾吵著要來這裡，不像我們的童年，僅有的幾座樂園，小小心願就是

可以買票進來好好玩一玩。

一九三四年新建的兒童遊園地，不久之後就要搬到城市的另一處，據說新樂園位於熱鬧大馬路旁，遊樂設施有十三處，新穎的外觀，動感的設計，完全符合現代兒童的遊樂習慣。那兒也有一處高高的摩天輪，晚上還會綻放絢麗的霓虹燈，「你看，遠處是座遊樂園喔！」相信未來它將又是這座城市的嶄新地標，足供觀光導覽手冊裡津津樂道。

「會遺憾嗎？」你看我對著逐漸黯淡的樂園不停的拍照，以為我會捨不得。

其實，無所謂的捨不得，想不起來的是童年的歡愉，尤其是和弟弟第一次來到這裡的興奮。時而想起的記憶片段卻是和弟弟相依相伴的夏日蟬鳴，以及拿著僅餘的零用錢坐車去大同水上樂園玩耍的情景。那天，我們只夠一張票的錢，弟弟進去玩，我在欄杆外看著他，他向我招手，微笑的模樣，永遠難忘。

童年已經離我好遠好遠。隨著一代代兒童的古怪夢境而隨時更新啟動狀態，城市的童年遊樂園，依然會有一座霓虹般的摩天輪，轉呀轉的。

如果帶你回家

算了一算，這隻狗媽媽生了九隻小狗。

就在巷子口轉角，幾隻象牙白的小狗朝我走了過來，模樣正萌，絲毫未顯害羞狀，一臉享受著期待陌生人好意的愉悅感，不在乎這個人手上拿的其實只是沒甚味道的相機。

我們就這樣不期而遇，一隻隻來到我面前，以熱情和善意靠近。

那天下午我一個人走著，背包裡並沒有食物，沒有準備好預藏的善意，只準備一壺水，一壺可以解決自己生理的常備品，以

及感受一個人散步的自私心情。誰知道迎面來了逗我歡喜的一群傢伙，陌生的族類，卻輕易破壞我在城市來去自如的小可愛。我蹲下來逗弄著牠們，回應著一雙雙湖水藍的眼睛，誠懇而心虛的空著一雙手。

狗媽媽就在不遠的地方守護著孩子，並沒有任何靠近我的意思。牠似乎早已看出我的懊惱，一個臨時闖入的陌生人，只是路過，行囊裡本來就沒有可供他人溫飽的善意。

我緩緩站起身，離去前仍是如此懊惱，懊惱背包裡的東西不但沒有減少，還讓我帶回滿滿的感受，懊惱這座城市總是容許自己毫無牽掛的散步，因著方便所以背包總是空空。這些突如其來的善意，陪我安靜的撫摸兩隻老狗的童年，默默與我建立短暫的寵物關係，然後，目送我離去，並不急急追著我。

這是一處即將被都更的地方，看似有人居住卻沒有門牌的角落，鐵皮圍籬後有一個大大的鐵盆，盆裡還有一些舔不去的食物，我帶不走牠們，狗媽媽依然在不遠處靜靜看著我，不曾改變牠的信任。

輯三　預告城市

我們是這樣想的，也正付諸行動。因為我們都相信會成為更好的人，一如從一首詩和一首音樂開始，我們單純堅信著世界的好。

我們都相信會成為更好的人

有時會遇到一本書或一部電影，詮釋世界的方式雖然悲傷，卻懂得洗滌傷口，療癒創痛；有時遇到一些朋友，言談如風，輕拂大地，讓你相信自己可以成長，是一棵與天地共生的樹。

那天我遇見小實，她的聲音讓我相信，這世界其實可以更好，一如堅信自己的詩作力量。

那一個晚上我給了她第一首詩〈想飛〉，開始彼此的試探。

我不知道當她讀到「遠方棲居的島嶼／荒原深處／映照著你的雙眼／我聽見海潮／風傳過林間／你想說的此刻／我都聽見」她

攝影：飛頁人文書餐廳

究竟能看見什麼又聽得見什麼？

而她在幾天後的深夜傳了音檔，原來她也在試探，試探我究竟能聽懂她多少。

〈想飛〉其實是一首非常悲傷的詩，當執意飛向荒原的身影離你而去，你該如何繼續讀他愛他？那晚，小實的聲音，小實的樂曲，讓我聽見遼闊空谷裡的回音。那曾因為距離形成的空曠，其實讓愛更自由，也讓彼此不再孤獨。原來天空是弧線，並非阻斷，只要用心聽見，藉著風藉著海潮，就什麼也都聽見了。

這一晚，聽到了詩，也看見了音樂。當詩遇見拉丁、英式曲風，會迸發什麼不一樣的聲光作品？先詩而樂，先樂而詩，就這樣小實以音符開啟了我一首首創作的祕密地窖。

當她從我的詩集《好天氣，從不為誰停留》選擇詩作譜成一首首的曲，我在在驚艷於她手上的一把把鑰匙，透過音符開展著萬花筒般的世界；而我也為她的曲子填上一首首的歌詞，於是，從一首詩的相遇，小實帶領不插電樂團「小老鷹」攜手完成了詩樂跨界專輯《逆思》。

從《詩經》到《逆思》，是詩樂的逆向激盪，也是生命湖心的迴旋，這將會在不安地表產生什麼不同的火花？在二〇一五年七月十一日完成了《逆思》專輯首發音樂會，我們也開始帶著《逆思》踏上環島旅程，讓溫柔堅定的詩與樂攜手，擁抱這座島嶼，甚至希望牽起全世界——八月下旬，我們剛前往海外首站日本——邊走邊記錄著詩、人文、音樂與地表間，屬於你我的相遇故事。

我們是這樣想的，也正付諸行動。因為我們都相信會成為更好的人，一如從一首詩和一首音樂開始，我們單純堅信著世界的好。

預告片

深夜看完一場戲劇表演，走在城市的心臟地帶開始覓食。

深夜食堂正熱鬧著，其中一家的裝潢極其冷冽前衛，我深受吸引走了進去，打開menu嚇了一大跳，原來這是一家傳統四川麻辣麵店，完全不在預料之中的劇本，邊吃邊笑還邊閱讀著手中精緻無比的餐具。遂想起了曾經拜訪的京都，山裡的寺廟前有一條漫長的山路通往山底，山路前方有位僧人正拿著竹掃帚低頭專心掃著落葉，從左側掃到右側，再從右側掃到左側，山路漫漫他卻一點都不放過。等我走到寺廟四處逛逛，寺廟果然清幽，鮮有人煙。再回到山路上，僧人還是同一個動作，還在看不見寺廟的山下。有些預告片像詩，有些預告片像番外篇，有些則有與正片無關的反諷效果。

最近認識一些新朋友。或是因為工作原因，或是藉著緣分牽引。

認識新朋友的過程很有趣，總是先有個預告片在腦中放映，待見面觀看正片，方識得正片與預告片的差異。這是交朋友的奧妙之處，亦是看電影看人生的基本態度，若不識此道，當會以為又是騙局一場，殊不知每個階段著眼點本應各異。

新的定義不見得是陌生，有時是初識，有時卻是重新認識舊友。初識一位編輯臺上的朋友，在電話底的他聲音聽起來像是初秋的畫面，即使陽光下的柏油路充滿著黝黑的秋老虎氣，大地依然呈現濃綠樹蔭的畫面，徐徐涼風搖曳枝頭，已經預告著毒夏即將離去。他會仔仔細細聽我把故事說完，然後非常細膩的一一回

應，那溫和有禮的節奏和初秋枝頭井然有序的生滅暗自呼應。至今未曾謀面的朋友，走在人行道上，看著白千層剝落一地的寧靜無語，映照著綻滿枝頭的純白花語，不禁讓我想起了這位還在閱讀預告片階段的新朋友。

重新認識了一些舊友倒也是妙趣橫生，本來預告片說好這是一部走飲食美學風的味覺系電影，電影開演了一半，鼻子和舌頭還浸潤於生活高尚的品味中，沒想到這位五星級的美食男主角一剎時居然放下美好的生活品味，大玩起揭露人性黑暗面獨霸黑暗料理界的劇情。友人給我人性的精采課題，我卻依然難忘安靜品茗享受人生的醇酒滋味。

走在臺北街頭，轉角處有座日式房子，有位老人家正安靜掃著庭院落葉。這是座處處上演預告片的城市，也是不時會放映好片續集的放映室。

新美街一號

那是一本很特別的旅遊指南，尋著它的文字，你找不到任何一家適合客居的旅店，卻可以感受整條街隨處可見、進出旅社的女郎；書裡也不會告訴你這條街到底有什麼觀光特色，但是你會清楚知道這是一條貌似盲腸的古老街道，從街頭很快就會走到街尾，很接近海，也很接近繁華熱鬧的市集。人們在其中辛苦的打拚，打拚後也能回歸到安靜純樸的庶民生活，有點古老又有點現代的時光。

詩人白萩寫了這本詩集《香頌》，詩集內頁寫著：「獻給與我生活在新美街的伴侶。」字裡行間的臺南市新美街承載著詩人的孤獨與哀愁，讀著讀著彷彿也跟著詩人在這裡生活與愛戀著。

想親身一探詩人五十年前居住的地方，感受詩人既酸澀又加一點兒甜味的生活，詩人說：「它就在新美街一號。」

於是，我帶著這本《香頌》來到了這。很奇怪的是，地圖上的新美街很長，從民生路開始橫跨民權路，再從民權路銜接民族路，再一路連結至成功路才到新美街的盡頭。再過去便是自強街前段，舊名為「大銃街」，自強街後段的舊名喚為「水仔尾」，我回頭遙望「新美街一號」，看看昔日城門的遺址以及地上標示的舊河道圖示，強烈懷疑詩裡嗅得到的脂粉味，其實就是現在地圖的新美街街尾。

按照庶民的生活習慣，不就是從「臺江內海」入安平港，順著河道行船至「水仔尾」，進「小北門」城門通關，入「大銃街」檢查，到了「新美街」便開始卸貨交易，街道兩旁的大小旅

社便應運而生嗎？而詩人筆下的一段小小「盲腸」和現在新規畫的、長長的「新美街」想必是極為不同的吧？

現在的「新美街一號」，四周林立日式燒烤店、文創小店及新穎的商務旅店，詩人口中的「新美街一號」則隨著海岸線向後退去、城門拆除及河道阻塞等情勢改變，昔日的繁華已默默遁入了街尾。

「新美街」雖不再是一條盲腸大小的街，但依然是一條適合慢慢散步的老巷弄，小巷裡有臺灣第一座武廟——開基武廟，有傳統的榻榻米店、亞鉛店，還有許多好吃的小吃店。更有許多藝文空間鑲嵌其間，注入年輕藝術家的思維與創意，是新亦是舊，這條路各式人生況味都有。

一座城市的脈絡與街道的興衰，會隨著時間呈現不同的樣貌，關於新美街的記憶，詩人書裡寫的是繁華市街下的孤寂與苦難，而我的新美街則充滿了年輕與古意。在這裡，你看不到新舊文化的衝突，反而像是同時承載著不同世代的記憶。人們經過，不管是旅人或是老者，不自覺的放慢著腳步，體會著時光匆匆又慢慢的人生藝術。

老香港

去香港，有誰去了香港歷史博物館的？請舉手。

這座位於尖沙咀熱鬧市區的建築物，外觀並不起眼，隔壁是科學館，同樣款式的建築物相依為命，初出地鐵找了好久，看到不遠處有一群小學生朝著某一方向走，絕不是購物團的方向，才靈機一動跟著他們。果不其然，這群孩子們正是跟著老師校外教學。

已經來過香港數次，每次去的目的都不一樣，點滴回憶起的香港都和觀光導覽書裡的照片沒啥不同，這意思是，買買明信片和親身經歷過後其實沒什麼不同，因為我只會走馬看花遊香港。

周星馳電影裡無厘頭的香港，葉問電影裡濃濃義氣的香港，黑道火拚寸土必爭的香港，和張愛玲文字裡只剩殘垣的香港，都散發著那麼不同的味道，為什麼我記憶裡的香港卻總是名牌、煲飯和無敵夜景？相信這是一個充滿故事的地區，但是包裝得宜的觀光賣點卻讓我激情於絢麗香江，來不及走入香港自己的故事裡就得匆匆揮別。

相對尖沙咀繁華擁擠，這裡的門面冷清得怪異。

這次走進香港歷史博物館原本並不期待會看到什麼，如果只有一些名人手跡或是用過的老式電話、穿過的旗袍之類的古物，我也不意外。反正導覽書早已先提醒我，「香港故事」常設展是博物館多年來辛勤努力蒐集、保存及研究工作的總展示，栩栩如生的介紹香港的自然生態、民間風俗及歷史發展。我可以從四億年前的泥盆紀開始，一路穿越時空，終以一九九七年香港回歸作結，展覽內容或許可以解答香港人的故事為什麼這麼吸引我。

一經穿梭這個四億年的歷史文化之旅後，還真引發了我對香港歷史文化的興趣和反思。「香港故事」也許只是茫茫天宇一粒小塵埃，但是只要有人在說故事，這粒塵埃就會旋轉成一顆晶亮的星球。

按下暫停，回到阿罩霧

聽說，這裡有百分之七十的綠地，人們居住的面積只占百分之三十；聽說，這裡在九二一地震時，因為部分區域涵蓋引發地震的車籠埔斷層，災情嚴重，整個地都翻了起來，地震過後，許多人遷出了這個充滿傷痕的家園。

這裡是「霧峰」，舊名「阿罩霧」，一說為出自平埔族貓羅社所居之地的原住民族阿罩霧社；另一說，則為此地經常雲霧繚繞，因而得名。霧峰最有影響力的氏族屬林家，與臺灣近代史的變遷密不可分。而我來到這裡，恰巧為一個姓林的朋友，不過據

他說，他和林獻堂關係很遠。

那天我去他居住的蘭生社區，拜訪他與妻子回故鄉開的一間微型藝文空間，店內有他們精心研發的咖啡，也有給新書和二手書短暫停留的書房。書在這裡看起來並不急於離開，一派淡定的模樣，彷彿堅信總會遇見讀懂自己的人；這裡的主人也不急著營造一個屬於自己風格的咖啡書房，而是標榜著藝術家居住的社區文化。

我看著他和妻子靜靜在吧臺後面聽我們念詩唱歌，突然體會到身為咖啡書房主人、霧峰子弟兩種極其微妙的心情。

畢竟，主人曾經離開故鄉霧峰，而霧峰也曾因地震而瞬間失去人與土地的信任。如今，咖啡書房的主人少小離家老大回，落了葉、結了果，也歸了根，思考著如何讓更多人走進霧峰，或是藉「閱讀社區」，發掘更多屬於在地的故事，重新找回這片土地的溫度。

當咖啡書房舉辦藝文活動時，大大的落地窗便往兩邊開起，咖啡書房頓時成了一本好大的書，所有路過的人都可以隨意進去閱讀：有些是隔壁鄰居經過時探頭發現好節目，便坐了下來；有些是樓下叫樓上，相招傳話……偌大的書本裡加入了有聲音的眉批，整本書隨處都夾著親切的在地書籤。

而到了二樓，有靠窗的桌子，窗邊懸掛主人的寫作軌跡。拿一本書架上的書，找個角落，便能安靜地與自己對話。

咖啡書房如此優雅從容地坐落在安靜的街巷裡，四周伴隨許多新建的住屋，人們不再為過去的傷痕疼痛，我在這裡感受到霧峰的再生力量。而我那與林獻堂有遠房親戚關係的朋友，不僅帶著美麗的妻子回鄉，更決心以自己的文學養分，在這片土地上低調奢華地開著文藝復興的花。

語言文學類　PG1994　秀文學24

遍路臺北

作　　者 / 顧蕙倩
內文攝影 / 顧蕙倩
責任編輯 / 徐佑驊
圖文排版 / 周好靜
封面設計 / 王嵩賀

發 行 人 / 宋政坤
法律顧問 / 毛國樑　律師
出版發行 / 秀威資訊科技股份有限公司
114台北市內湖區瑞光路76巷65號1樓
電話：+886-2-2796-3638　傳真：+886-2-2796-1377
http://www.showwe.com.tw
劃撥帳號 / 19563868　戶名：秀威資訊科技股份有限公司
讀者服務信箱：service@showwe.com.tw
展售門市 / 國家書店（松江門市）
104台北市中山區松江路209號1樓
電話：+886-2-2518-0207　傳真：+886-2-2518-0778
網路訂購 / 秀威網路書店：https://store.showwe.tw
國家網路書店：https://www.govbooks.com.tw

2018年12月　BOD一版
定價：320元

國家圖書館出版品預行編目

遍路臺北 / 顧蕙倩著. -- 一版. -- 臺北市 : 秀威資訊科技, 2018.12

面； 公分. -- (語言文學類 ; PG1994)(秀文學 ; 24)

BOD版

ISBN 978-986-326-638-9(平裝)

855　　107019989

讀者回函卡

感謝您購買本書，為提升服務品質，請填妥以下資料，將讀者回函卡直接寄回或傳真本公司，收到您的寶貴意見後，我們會收藏記錄及檢討，謝謝！

如您需要了解本公司最新出版書目、購書優惠或企劃活動，歡迎您上網查詢或下載相關資料：http:// www.showwe.com.tw

您購買的書名：______________________________

出生日期：________年________月________日

學歷：□高中（含）以下　□大專　□研究所（含）以上

職業：□製造業　□金融業　□資訊業　□軍警　□傳播業　□自由業

□服務業　□公務員　□教職　□學生　□家管　□其它____

購書地點：□網路書店　□實體書店　□書展　□郵購　□贈閱　□其他

您從何得知本書的消息？

□網路書店　□實體書店　□網路搜尋　□電子報　□書訊　□雜誌

□傳播媒體　□親友推薦　□網站推薦　□部落格　□其他__________

您對本書的評價：（請填代號　1.非常滿意　2.滿意　3.尚可　4.再改進）

封面設計____　版面編排____　內容____　文／譯筆____　價格____

讀完書後您覺得：

□很有收穫　□有收穫　□收穫不多　□沒收穫

對我們的建議：______________________________

請貼
郵票

11466
台北市内湖區瑞光路 76 巷 65 號 1 樓
秀威資訊科技股份有限公司 收
BOD 數位出版事業部

....

（請沿線對折寄回，謝謝！）

姓　　名：＿＿＿＿＿＿＿＿　年齡：＿＿＿＿　性別：□女　□男

郵遞區號：□□□□□

地　　址：＿＿＿＿＿＿＿＿＿＿＿＿＿＿＿＿

聯絡電話：(日)＿＿＿＿＿＿＿＿(夜)＿＿＿＿＿＿＿＿

E-mail：＿＿＿＿＿＿＿＿＿＿＿＿＿＿＿＿